A sorte de não ser bonita

Vívian Soares

A sorte de não ser bonita

Copyright © 2025 Vívian Soares
A sorte de não ser bonita © Editora Reformatório

Editor:
Marcelo Nocelli

Revisão:
Marcelo Nocelli
Natália Souza

Imagem de capa:
Karina Tenório

Design, editoração eletrônica e capa:
Karina Tenório

Dados Internacionais de Catalogação na Publicação (CIP)
Bibliotecária Juliana Farias Motta CRB7/5880

Soares, Vívian
    A sorte de não ser bonita / Vívian Soares. — São Paulo:
Reformatório, 2025.
    150 p.: 14x21 cm.

    ISBN: 978-65-986974-3-3

    1. Romance brasileiro. I. Título.
S676s   CDD B869.3

Índice para catálogo sistemático:
1. Romance brasileiro

Todos os direitos desta edição reservados à:
Editora Nocelli Ltda
www.reformatorio.com.br

*Às avós Ida e Santinha,
que nunca puderam ser artistas.*

> "The eyes of others our prisons;
> their thoughts our cages."
>
> — Virginia Woolf

Sumário

Uma foto, 11

Um rosto que não incomodava, 13

A Mãe, 17

A Vila, 21

Giulia, 25

O Pai, 31

O convite, 35

Gabriel, 39

Clara, 43

Eduardo, 51

A Mudança, 53

Post mortem, 63

A Cidade, 65

Manuela, 67

A milenar técnica do copo na parede, 73

Tico, 77

O Namoro, 91

Asas, 97

Mila, 101

A Universidade, 105

O Término, 113

Fuga, 117

A Metrópole, 119

Pedro, 125

Despertar, 135

Stela, 139

Epílogo, 147

Uma foto

Tenho uma foto de infância que sempre me deu arrepios. É uma imagem antiga, em tom pastel, como aquelas feitas com filmes de má qualidade nos anos 1980. Estou sozinha, de pé, diante do mar imenso. Devo ter sete ou oito anos e olho tímida em direção à câmera, vestindo um maiô esgarçado. Tenho as pernas muito finas, joelhos ressaltados pela magreza, braços longos largados de maneira preguiçosa ao lado do corpo. Cabelos curtos, embaraçados, fazendo um tufo no topo da cabeça.

Acho que sem o mar, sem o maiô, aquela foto bem poderia estar no catálogo de uma organização que auxilia crianças famintas.

Um rosto que não incomodava

Nasci sem os atributos que se esperava de uma menina do meu tempo. Não é que eu fosse feia. Mas faltava muita coisa para ser bonita. Eu era um rosto esquecível, não incomodava, nem chamava a atenção: um nariz que escapou por muito pouco de ser adunco, uma boca que quase podia ser fina, coroada por uma teimosa coleção de pelinhos. Uns olhos que talvez fossem meio grandes. Uma testa sem ternura.

Nasci em uma vila insípida, em uma região desconhecida de um estado famoso por suas belas montanhas, fazendas e história colonial. Uma zona de transição entre a pobreza rural e o progresso urbano, um limbo entre o barro e o cinza. Mas ainda assim, eu pensava, quando pequena, que a minha Vila era o centro do mundo. As lições de casa me fizeram crer que aquelas palmeiras circundando a praça central, a catedral bem no meio, uma grande pedra desnuda no horizonte fazendo as vezes de montanha, eram sinônimo de Beleza, com B maiúsculo, o que me envaidecia quando vinham tios e primos da cidade grande, pobres parentes sem palmeiras nem pedras especiais.

Era uma ilusão. A Vila, assim como eu, nunca foi bela, exceto talvez pelas altas palmeiras, das quais tínhamos tanto orgulho. Os primos, que nos visitavam meio forçados pelas obrigações familiares, se entediavam logo com a lentidão da Vila. Nessas visitas, eu me dava conta do mundo lá fora, de todas as possibilidades de uma cidade, mesmo as mais simples, como uma máquina de Coca-Cola ou um drive-thru do McDonald's. Parecia um sonho tecnológico muito distante, praticamente inalcançável.

Foi ainda pequena, nas brincadeiras com esses mesmos primos que vinham de longe, que comecei a perceber nesgas de invisibilidade. Quando me "ignoravam" ao sair para tomar um sorvete, ou nos jogos em que treinavam beijos clandestinos, dos quais eu sempre ficava de fora. Nas crises de riso quando tentava me maquiar ou domar o cabelo em um penteado novo. Nas caras de sarcasmo quando eu confessava gostar de um menino da escola.

Quando os primos se iam, porém, essas portas seguiam fechadas para mim. Na escola, na igreja ou no grupo de meninas que estudavam piano. O mesmo sarcasmo, o mesmo riso. Mas o que doía ainda mais era ser ignorada.

No começo, ao sentir essas dores, eu sempre corria para os braços da minha mãe. Éramos só nós, e um pai distante, que passava mais tempo viajando do que ditava o bom-senso. Ao sentir-me só, esquecida, eu chorava. Ainda não sabia as palavras certas para descrever o que era aquilo que sentia. A mãe sabia, acho que sabia. Mas só acariciava meus cabelos, sem coragem de dizer mais nada.

A Mãe

A mãe nunca tinha saído da Vila. Como muitas das meninas do interior dos anos 1960, era de família católica e foi criada para bordar, tocar piano e cozinhar bem. Fazer algum curso superior apenas para ser culta o suficiente, enquanto espera o pretendente certo aparecer. A mãe nunca trabalhou, e se casou virgem e desinformada, sem nem mesmo saber ao certo o que era sexo.

Foi uma menina magra, de beleza pálida diante das oito irmãs corpulentas, em uma família só de mulheres. Puxei a ela. Cresceu sem consciência do seu corpo ou de sua beleza. Se martirizava diante do espelho por não ter o cabelo certo, o nariz reto, o corpo perfeito. Sofria com os rituais diários de cremes e tratamentos: vencer a impossibilidade de querer ser o que não se é.

Conheceu meu pai, o primeiro namorado, já avançada de idade, e com todas as irmãs já casadas. Aferrou-se a ele como se fosse o único. Casaram-se em menos de seis meses, por pressão dos pais da noiva e porque as beatas da Vila já fofocavam que o rapaz ia desistir.

À mãe, lhe ensinaram que a maior dádiva de uma mulher era o recato, depois a beleza, mas ser pura sempre vinha à frente caso a formosura faltasse. Eu nunca soube se era o caso da mãe, porque a achava linda. Cheirosa, com cabelos fartos que ela teimava em prender e domar, uma voz altiva e meio rouca que lhe dava um ar de rainha, um rosto anguloso que tinha mistério e elegância. Mas não se deixava elogiar: nunca a vi aceitar um agrado. Brigava com quem ousasse lhe admirar.

Tornar-se mãe foi uma grande alegria. Finalmente, o cumprimento de sua vocação e sina — e uma preocupação inesperada. E eu nasci cópia de uma mulher que jamais se viu bela. Imagino que minha chegada tenha trazido medo: "e se ela não for bonita?", culpa: "é tão parecida comigo, coitada", fardo: "é preciso ensinar recato se não houver beleza".

Mas eu também poderia ser uma chance de refazer-se, construir uma pequena versão de si mesma com coisas que poderiam dar mais certo, mais bem-vestida, inteligente e articulada.

A mãe me ensinava muitas coisas, além de comportar-me bem e agir como uma mocinha. Não caia na conversa de rapaz, viu? Eles vão fazer de tudo para conseguir o que querem, e depois desaparecem. Leia muito, observe as pessoas à sua volta. Melhor aprender com o erro dos outros. Seja independente, minha filha. Estude, trabalhe, não siga o exemplo da mãe, e esses conselhos todos eram sempre acompanhados de um olhar triste e envergonhado.

Talvez por isso tenha sonhado tantas coisas para mim. Um marido melhor, quem sabe até mesmo um bom trabalho, afinal estamos quase no novo milênio. Um trabalho digno, veja bem, feminino, como o de professora. Continuar vivendo na Vila e mostrar para toda aquela gente que nós podíamos evoluir.

Saíamos pelas ruas como duas melhores amigas. Parecem irmãs!, sorriam as beatas que anos antes apostavam em sua solteirice eterna. A mãe se enchia de orgulho e vergonha, sem saber direito o que dizer àquela gente que parecia estar lhe fazendo um elogio.

Era verdade. Eu era a sua imagem em miniatura, vestindo as roupas que ela escolhia, com o rostinho escondido em um corte de cabelo que me tapava metade da cara com uma franja. E a mãe se encolhia, com medo de que aquele elogio, a comparação entre as duas, na verdade fosse uma crítica velada a ela.

A mãe nunca me disse nada, mas ao prender meus cabelos rebeldes com um vigor que me machucava, ao questionar tantas vezes o dentista sobre a necessidade de corrigir meus dentes, sei o que intuía: eu, tão parecida com ela, podia ter uma chance de ser um pouco mais bonita. Além do espelho, existia outra imagem da qual ela não poderia fugir.

A Vila

A Vila começava a dar pequenos passos de civilização. As lojas da rua principal deixavam, aos poucos, de vender cortes de tecidos expostos ao pó das calçadas para ter roupas com certo estilo. Mais semáforos e carros, menos cavalos. A instalação da TV a cabo, a promessa de um shopping que nunca chegava. Vieram também os primeiros prédios modernos e altos, muitos anos depois do único edifício da Vila com elevador. E, com os prédios, as clínicas médicas, os salões de beleza, algum escritório de advocacia ou de contabilidade. Algo muito grande estava acontecendo. A Vila se fazia cidade.

Até então eu era apenas uma adolescente que colecionava adesivos e assistia videoclipes na casa da avó, enquanto pinçava furiosamente o bigodinho. Doutrinada pelas meninas populares da escola, me faltavam roupas de marcas caras para comprar um passe social que talvez me redimisse da falta do rosto e do corpo certos. Nas aulas de educação física, estava claro que ainda não tinha sido sorteada na loteria genética das curvas.

Aos 12 anos, ser bonita era uma obsessão. Porque nos anos 1990, ser bonita era também se encaixar. Ser magra era o padrão. Ser magra e com algumas curvas e saliências sob controle, era o perfeito. Ter o nariz pequeno, a boca brilhante de gloss, dentes muito alinhados e um quadril estreito o suficiente para caber em calças de cós-baixos era tudo.

As revistas femininas nos mandavam emagrecer, admirar modelos anoréxicas e claramente drogadas. Comprar as marcas certas. Agradar aos homens.

A gente passava boa parte do tempo prendendo o cabelo, soltando o cabelo, praticando olhares, provando batons, fazendo testes de revistas femininas para saber se o namorado — real ou imaginário — nos amava realmente, trocando roupas com as amigas para parecer que tínhamos mais coisas, tentando "roubar" um pouco do charme da outra ao usar algo que lhe pertencia.

Aos 12 anos, eu fingia maturidade para andar com as meninas mais velhas, ter amigas que bebessem, fumassem, que já namorassem, que não fossem nem virgens nem estivessem mais na escola, que soubessem tudo sobre menstruação, baladas e como domar os meninos. Era preciso viver suas experiências, ainda que de segunda mão, ou talvez, ter exemplos para copiar, criar repertório para quando minha vida amorosa, que não parecia nem um pouco promissora, finalmente começasse.

Como muitas das coisas que eu ainda não sabia, eu era inteligente e inquieta, curiosa e romântica, um pouco estranha. E esperava ansiosa por um príncipe encantado.

Até que eu conheci a Giulia.

Giulia

Giulia desembarcou na Vila no final do verão, quando o calor e a poeira tornavam suas ruas bem mais vazias que o normal. Veio com a mãe solteira, transferida de outro estado, sem nunca falar por que se mudou no meio do ano escolar. Descobri o que o sistema de fofoca da Vila me permitiu saber: filha de boa família, a mãe era linda e um pouco desajustada quando jovem, engravidou e foi embora da Vila. Voltou muitos anos depois, com Giulia já adolescente. Também cópia da mãe, Giulia era magra, loira e conseguia que acreditassem que era meiga. Além de linda, era inteligente. E me escolheu para ser sua melhor amiga.

Ela entrou na turma da quinta série no meio do semestre, gerando o burburinho que qualquer aluna linda e loira poderia causar em uma Vila onde quase nada acontecia. Indicaram um assento ao meu lado, e ali se definiu uma relação de poder definitiva. Com um sorriso no rosto, ela me disse essas quatro palavras: me empresta seu caderno?, e pronto. Fui capturada.

Claro que eu emprestei o caderno. E é claro também que, depois disso, fiz tudo o que ela quis. A partir daquele momento, eu só conseguia sentir orgulho e privilégio por estar ao lado dela. Além de pertencer a uma casta superior de meninas que tinham acesso a coisas e pessoas que eu jamais tive, Giulia era a coisa mais emocionante que tinha me acontecido até ali. Estar ao seu lado era ser espectadora de uma turnê exclusiva, passageira de um carro de luxo. Era também ter a consciência de que eu jamais seria protagonista, e, se quisesse, teria que me contentar com o assento ao lado. Eu só queria mesmo ser a melhor coadjuvante possível.

Seguindo os conselhos da mãe, eu mais observava do que falava. Os meninos mudavam de fisionomia ao se aproximarem de Giulia, seja para pedir uma borracha emprestada ou para convidar para uma festa. Oi, Giulia, q-q-quer ser minha dupla no trabalho de geografia?, gaguejava um, sem saber onde colocar as mãos. Ai, querido, obrigada, mas eu já tenho dupla, respondia ela, doce, e piscava para mim, indicando que era eu a escolhida. Giulia, tá aqui o convite para a minha festa...você vai?, perguntava outro, com um olhar ansioso, enquanto era observado de longe pelo grupo de meninos da sala. Só se eu puder levar a minha amiga, ela respondia e me pegava pelo braço.

Ela me incluía em tudo.

A casa da Giulia tinha discos do Led Zeppelin e Raul Seixas, um altar budista e um quarto só para ela. Tinha também um jardim de inverno, o nome mais chique que eu já vi para uma claraboia. Entrar nessa casa era entrar em um sonho adolescente, com um guarda-roupa cheio de grifes e uma televisão no quarto passando videoclipes o dia inteiro.

Giulia me trouxe para o seu pequeno reino, doando um pouco do seu brilho. Começava a se interessar por meninos e sexo, era uma mente refém da ebulição hormonal da idade. Entrei nesse reino feliz, e com uma grande responsabilidade. Como vou fazer jus a tanto?

— Vamos num aniversário comigo?, pedia, com a voz de gata que escolhia quando queria algo. Sim, a resposta tinha que ser sim. E lá saía eu correndo para pedir roupa para a mãe, dinheiro para o pai.

— Mas como você não conhece essa marca?, repreendia com seu olhar verde e acusador.

Que vergonha. Tínhamos que ir juntas à loja da rua principal para conhecer as marcas que valem a pena, é preciso ter uma ou duas blusinhas de lá, uma calça também, se vestir melhor. E lá ia eu pedir mais dinheiro, dessa vez para a avó.

— Você já beijou?, provocava.

Este foi o primeiro desafio adolescente para o qual eu não estava preparada. Uma tarefa que não dependia só de mim e que, a partir daquele momento, eu perseguiria com todo o fervor só para ter, em algum momento, a resposta afirmativa. Mas eu só tinha o não. E ali começava o nosso abismo: ela teria qualquer sim que ela pudesse desejar. E não me deixaria esquecer disso.

Aos poucos, Giulia foi mostrando o que queria de mim. Validação. Plateia. Companhia. Um mundo menor, mas estável, ali do lado, enquanto o seu parecia em constante expansão. Alguém que dissesse sim a tudo por medo de perder o acesso à perfeição.

Os meninos gostam do meu peito, me dizia, enquanto desabotoava o sutiã e deixava os seios já formados à mostra.

Quando eu gostava de um menino, Giulia fazia questão de ir falar com ele, hipnotizá-lo com voz, olhos, peitos, até que ele se dissesse apaixonado. Debochada, ela só dizia: imagina, veja só se eu vou gostar daquele feio. Ela sabia que deixava meu coração partido por nem sequer ter tido a chance de tentar.

Giulia flanava quase imune aos olhares e palavras direcionados a ela, só a ela, ainda que eu estivesse bem ao seu lado, enquanto caminhávamos pelas ruas da Vila. Ela parecia saber tão bem o caminho dessas miradas, a maldade nos comentários pronunciados entre dentes, as intenções veladas desse fervor masculino. Mais do que conhecer, ela dominava e direcionava olhares e bocas ao escolher uma roupa, um movimento, um traço de lápis no olho. Sabe o que é sexo oral? Sabe como é o gosto de porra? Sabe que meninas também se beijam? Eu ouvia, emudecia, me assombrava. Giulia era um mistério tremendo.

Mesmo fora da escola, seguíamos juntas, nas tardes intermináveis onde nada fazíamos por não existir outra alternativa. A esse convívio juntou-se a dor de ver a vida dos adultos se despedaçando enquanto crescíamos, e a desilusão de buscar apoio onde só havia raiva e solidão. Nos foi negada a ideia de que a vida seria melhor ao crescer — eram os anos 1990, e tudo o que conhecíamos eram planos econômicos fracassados, inflação, esquemas de pirâmide, arrocho. Mas nós permanecíamos, teimosamente adolescentes.

No ano em que meus pais se separaram, e nos seguintes, enquanto se odiavam em ágora pública, Giulia esteve presente. Filha de pais que nunca se casaram, jamais entendeu muito bem a extensão da minha mágoa, mas soube ficar quando tudo se movia.

Meus pais se separaram no meio de uma dessas crises econômicas, quando a mãe descobriu que o pai tinha outra família. A outra mulher e os dois filhos, dois meninos que o pai tanto queria, viviam nos rincões de uma zona rural não tão longe da Vila. Todo mundo sabia, menos a mãe. O recato, a vergonha e a falta de uma vida social lhe pouparam por muitos anos da notícia, que chegou por acaso através de uma fofoqueira qualquer em um grupo de orações. A mãe desmoronou, não pelo fim de um casamento sem amor, mas pela humilhação pública de se ver trocada por outra, uma mulher da roça, que ela nunca teve coragem de conhecer. Ao ser confrontado, o pai, austero e bronco, se foi. Todos os olhos da Vila estavam voltados para a nossa casa.

O Pai

O pai era calado e duro. Nasceu em anos prósperos para o país e o mundo, quando tudo parecia ter um bom futuro. Menos sua família. Era o mais velho de um pai doente, e teve que começar a trabalhar cedo demais, abrindo mão dos estudos e da carreira de advogado que queria. Foi lavrador, comerciário, militar. Andou o país todo antes de conhecer minha mãe, mas o casamento não o impediu de continuar a viajar.

Nunca o vi chorar, gargalhar ou explodir de raiva. Continha os sentimentos, que só liberava ocasionalmente, quando tomava duas taças de vinho no Natal, e me dava um abraço e um beijo antes de me entregar um presente. Era a única época do ano em que se permitia sorrir, cantar alguma canção religiosa e aproximar-se fisicamente de mim, e da mãe.

O pai tinha negócios fora da Vila, apesar de eu nunca ter entendido muito bem do que se tratava, mesmo tendo perguntado algumas vezes. Meninas não precisam saber dessas coisas, ele dizia, sob o olhar temeroso e indignado da minha mãe.

O pai tinha duas irmãs, ambas solteiras e beatas, e era o único homem da família. Cumpria com o que dizia ser sua obrigação: prover. Não tínhamos luxos, mas para nós, mulheres, nunca faltava nada. A vida continuou igual depois que o pai se foi, seja para viver com sua outra família, ou para continuar com suas andanças. O dinheiro chegava, ele nunca estava. Ligava duas vezes por ano, no meu aniversário e no Natal, e sempre atendia o telefone quando precisava. Era o suficiente para todos nós.

Como eu, Giulia tinha um pai que jamais esteve. O que eu pressentia, mas nunca foi dito por nenhuma das duas, era que a dor de Giulia por essa ausência era muito maior que a minha. Talvez por nunca ter sido desejada por esse pai, e tão frequentemente ser maltratada pela mãe, o que me fazia pensar que talvez ela também não fosse querida ali. Só lhe sobrava ser bonita demais e saber que existia no mundo através de seus olhos escandalosamente verdes, o corpo desabrochado, a pureza que era um troféu a ser conquistado.

Eu sentia medo por ela, quando os olhares muito mais velhos se demoravam em suas curvas, jamais nas minhas, e nessas horas eu pensava: que sorte não ser bonita. Aquele caminho nunca seria desfeito, o de saber o poder que se têm sobre o sexo oposto, e a consciência de que, a qualquer momento, um homem poderia decidir tomá-la para seu prazer. Mas Giulia não parecia temer, nem se incomodar, habituada que era a que tudo sempre fosse assim. E talvez por isso, e por sempre ter todos os sins, não me surpreendeu que ela começasse a namorar assim que completou 13 anos. Nem que o escolhido fosse um rapaz mais velho, rico, de família prestigiada da Vila. Muito menos que, em algum momento dessa relação, ela resolvesse que ali estaria minha grande oportunidade de tomar o mesmo caminho.

O convite

Giulia me convidou para ir à casa do seu namorado, Miguel, que eu conhecia pouco. Já o havia visto em algumas saídas da escola, enquanto ele a esperava dentro do carro. É claro que ele tinha um carro. Sem ter trocado muitas palavras, não o conhecia além das histórias que ela me contava: algumas românticas, outras sexuais, muitas que eu jurava que eram mentira. Foi ela que me contou o que era sexo oral no final das contas, ainda que eu continuasse pensando que era uma conversa picante por telefone. Conforme Giulia avançava em suas interações físicas com o namorado, eu era a primeira a saber, e me contentava em reagir, muda e temerosa. Algum dia isso também ia acontecer comigo.

No mesmo dia em que ela me contou qual era a cor e a textura do sêmen, um dia que eu jamais esquecerei tamanha a impressão que me deixou, ela me convidou: amiga, vamos na casa do Miguel comigo?, perguntou, usando a voz de gata mais uma vez. Sem saber o que dizer, e sem a menor prática em dizer não, eu respondi que sim.

Só no caminho ela me contou. O namorado tinha um amigo. O amigo queria ficar comigo. E tinha comprado um presente pra mim. Um jogo de colar e brincos da loja de bijuterias, a única da Vila.

Eu era o seu projeto de caridade. Mas pra mim foi o suficiente. Alguém que eu nunca havia visto, ou conhecido, que poderia até ser bonito, estava interessado em me conhecer, talvez até me beijar, livrando-me de tantas vergonhas futuras? O 'sim' que eu sonhava enquanto lia revistas adolescentes, praticando beijos teóricos nas costas da mão ou em qualquer outra superfície que não tinha nenhuma parecença com outra boca? Que sorte a minha.

Estaríamos nós quatro, sozinhos, naquela casa enorme. Talvez uma empregada, alguém que certamente ficaria cego diante do que aconteceria.

Fui.

Mais do que o hábito de não a contrariar nunca, dessa vez o que me moveu foi a vontade de ter alguém que finalmente me desse aquele beijo, que me libertaria de tantos medos, entre eles o de nunca ser desejada. E, para brincar com a minha vaidade e a ilusão de um conto de fadas, eu queria, sim, o colar e os brincos. Os imaginava prateados, com pequenas miçangas azuis turquesa, como era moda na época.

Na rua principal, ninguém era testemunha da mentira que eu contei em casa: disse que ia estudar com Giulia. Quando chegamos naquela mansão linda, os dois rapazes de sorrisos tensos nos esperavam. Sem dizer muito, minha amiga e Miguel já entravam para algum cômodo da casa enquanto eu me sentava, curiosa e trêmula, em um assento qualquer na varanda que o meu par me indicava.

Só me lembro dos olhos pequenos, sobrancelhas fartas e muito unidas. Um nariz curvo e um cabelo castanho claro, quase loiro. Um rapaz tímido e extremamente nervoso, que certamente, assim como eu, jamais havia sido escolhido por ninguém para beijo nenhum.

Já arrependida do encontro às cegas, eu buscava, sem sucesso, algum traço atraente naquela cara desconhecida, algum lampejo de simpatia ou bondade. Indiferente, sem muita conversa, ele se aproximou para dar o tão esperado beijo, enquanto meus músculos se tencionavam em uma mescla de medo e nojo. Ávido, ele enfiava a língua dura e cheia de saliva dentro da minha boca, fazendo movimentos que eu não entendia nem queria.

Não esperei que Giulia saísse do quarto para ir embora, nem mesmo para saber se a história do colar e brincos era real. Apavorada, saí correndo pelo portão deixado aberto.

Não consegui perdoar Giulia. O encontro forçado só aprofundou o incômodo que eu sentia com as humilhações imperceptíveis, a superioridade óbvia diante do meu projeto adolescente, que não tinha maldade nem imaginação. Não houve uma conversa, nem um reencontro para esclarecer as coisas. Nunca mais vi o menino, ainda que por muito tempo eu tremesse ao passar diante da casa. Já Giulia eu encontrava todos os dias, na sala de aula, no pátio, sua beleza bruta pairando nas ruas da Vila. Foi uma separação limpa, sem cortes nem dramas. Gosto de pensar que partiu de mim, ao perceber que não me cabia aquele tipo de dominação. Nossa amizade acabou como se acabam tantas outras: por inanição. Senti alívio, mas nunca consegui me recuperar totalmente da dor que foi ter Giulia.

Nos anos seguintes, a lembrança de Giulia não desapareceu. Ela ressurgia sempre que eu fracassava em atrair algum olhar masculino, ou quando uma amiga era alvo de atenção e galanteios, enquanto eu, invisível, estava bem ao lado. Giulia nunca parou de reviver em memórias e clones, lembrando-me frequentemente da superioridade de quem sempre está do lado que escolhe.

Por sorte, com o tempo e com o avanço da idade, viriam outros amigos. Essa mesma sorte me trouxe um aprendizado muito útil na minha história de mulher indesejada: há outros tipos de amor, melhores, perenes.

Gabriel

A humilhação de ter sido beijada daquele jeito, com pressa e sem carinho, nenhum desejo envolvido além do de invadir uma boca disponível, me fez seguir em busca de um beijo de verdade. Pratiquei o tanto quanto possível, em espelhos e bagaços de laranja, seguindo instruções muito concretas que encontrava em revistinhas adolescentes. Graças a elas, entendi que a língua era, infelizmente, necessária, mas nunca tive clareza sobre a receita secreta, o ponto ideal entre suavidade e força, respiração, saliva e o que fazer com as mãos durante tudo isso. Informação essencial para quem nunca beijou, e um ponto crucial para quem já, e está procurando o seu encaixe ideal. Beijar bem não é uma questão de técnica, mas de química, disso sabemos.

    O beijo aconteceu na praia, em um pôr do sol mágico em tons de laranja, enquanto eu e Gabriel caminhávamos de mãos dadas com as ondas lambendo nossos pés descalços.

Só que não.

Gabriel existia. Era o caixa do supermercado da cidadezinha litorânea aonde fui com minha mãe e avó em um verão tristonho logo após a separação dos meus pais. Eu o vi umas duas ou três vezes, enquanto fazia compras pequenas que minha mãe me encarregava: um litro de leite, fósforos, um par de copos de vidro. Ele era aprendiz no mercadinho e, além de caixa, fazia entregas. Percebeu meu interesse de menina, mas sem nenhuma reciprocidade às minhas miradas gulosas, platônicas. Me presenteou com algum sorriso burocrático. Para mim, já era o suficiente para me apaixonar. Nunca trocamos uma palavra.

Enquanto os adultos se esforçavam para me dar uma sensação de normalidade ao manter as férias na praia, após o abandono do pai, eu me dedicava a um propósito maior: ser beijada naquele verão, ou pelo menos ter uma boa história para contar.

Gabriel não me proporcionou o primeiro, mas era o álibi perfeito para o segundo. Voltei para a Vila contando sobre o beijo ideal, com um amor de verão: um garoto mais velho, apaixonado. Convenci-me da história a ponto de ligar para o mercadinho uns dias depois da volta:

— Oi. Gabriel? *(receio, medo, pânico)*

— Sim...quem é? *(meu Deus, é ele mesmo!)*

— É a menina que ficou hospedada na casa amarela da esquina da praia. Lembra? A gente se viu no mercado algumas vezes. *(lembra de mim, por favor...)*
— Ah...tá. *(curiosidade, decepção?)* Tudo bem?
— Sim, voltei para a minha Vila. *(e agora? já não tenho mais o que falar!)*
— Ah. *(tédio)*
— ... *(pânico)*
— Olha só, preciso ir, estão me chamando aqui. *(claro que sim, sua estúpida)*
— Tá bom. Tchau! *(o que você estava pensando que ia acontecer?)*
— Tchau.

Passei várias semanas analisando esse diálogo e buscando mensagens cifradas que mostrassem algum interesse. Para o resto do mundo, contei o que quis.

Ao voltar para casa, pensei em Giulia. Ela, a dona de todas as histórias, deveria saber do meu amor de verão. Liguei para a sua casa, em uma das nossas patéticas últimas conversas.

Beijei, menti, fechando os olhos do outro lado da linha, tremendo de medo de ser desmascarada. Sua reação foi ao mesmo tempo esperada e frustrante. Fez perguntas em tom jocoso, querendo confirmar a veracidade da história. Desistiu de investigar quando dei respostas coerentes para que ela se convencesse que, talvez, sim, o beijo fosse verdade. De minha parte, o que queria era que Giulia sentisse o quanto aquela mentira fosse real o suficiente, o quanto o poder de contar essa história para ela significava. Em troca, Giulia me interrompeu para contar de sua nova amiga, Sophia, que gostava de beijar meninas. Giulia beijou Sophia, ou o contrário, não sei bem. Só sei que Giulia queria ganhar o concurso de histórias, e talvez tenha atingido o seu objetivo de deixar tudo o que era meu em segundo plano, como sempre fez. E eu, que liguei para contar de um beijo inventado, fiquei na dúvida se, até se tratando de mentira, ela conseguia ser melhor que eu.

    Eu tinha certeza de que Sophia jamais existiu.

Clara

Clara chegou justo quando eu lambia as feridas que Giulia me deixou. Maior de idade, mas com cara de menina, tinha carro, fazia faculdade e trabalhava, e representou tudo aquilo que eu pensava que seria quando tivesse a idade dela. Madura, autoconfiante, inteligente, engraçada. Bonita, mas não linda. Popular na justa medida.

Apesar de nunca termos nos cruzado na vida, Clara era vizinha. Vivia a dois quarteirões de casa, no lado pobre da Vila, encostado ao córrego malcheiroso e que sempre transbordava no período de chuvas. Nos encontramos por ironia do acaso que fez com que, ao mesmo tempo, ela se tornasse minha melhor amiga e a ponta de um triângulo amoroso que acabava de começar.

Quando nos conhecemos, Clara tinha acabado de terminar um namoro com Adriano, também vizinho, também bonito, também popular. Mas sem estudos e desempregado, e isso definia tudo. Por pressão dos pais e por desejar uma vida melhor, ela se desembaraçou dele tão logo percebeu que esse amor tinha pouco futuro. Despreocupado, Adriano tinha uma vida social ativa e nada mais.

Até que eu me apaixonei por ele, ao mesmo tempo em que me tornei amiga de Clara. Havia muito pouco de coincidência nessa aproximação. Nossas intenções se moveram por motivos distintos: ele queria me usar para estar perto dela, e quem sabe provocar algum ciúme, enquanto eu o usava para ser um pouco parecida com ela.

Adriano era baixo e tinha uma voz esganiçada, que não combinava com o resto. Um nariz pequeno e bem formado, uma pele morena que nunca desbotava e um senso de humor encantador. Sabia se mover no mundo com os recursos que tinha. A juventude e a beleza lhe ajudavam a tocar com a ponta dos dedos um lugar que não era o seu.

Nos conhecemos pelas ruas, quando de alguma forma chamei sua atenção, talvez por pertencer a essa outra realidade de menina educada, de classe média, que estudava piano e tinha hora para chegar em casa. Adriano era órfão de mãe e mal via o pai, que, como o meu, saiu pelo mundo deixando rebentos. Na minha cabeça adolescente, eu sentia que a rejeição paterna nos dava um ar romântico de oprimidos.

Ele dividia uma pequena casa com vários irmãos e uma sobrinha pequena. Sem maldade nem paixão, Adriano entrou no meu universo desimportante. No bairro, me apresentou para sua turma, todos mais ou menos miseráveis como ele. Oi, gente, essa é a magrela, era assim que se referia a mim, na brincadeira, e sorria, com uma piscadinha. Eu adorava esse apelido tanto quanto odiava ser magra. Mas Adriano era tão mirrado quanto eu, pernas finas que dançavam dentro das calças compridas. A magreza também nos unia.

Adriano me tratava de um jeito doce, quase paternal. Nada mais distante de como eu o via, o desejava. Eu me iludia pensando que ia, sim, conquistá-lo, e mostrar que a magrela de pernas finas também era uma mulher.

Mas havia uma Clara no meio do caminho: minha amiga, sua ex, nada magrela e muito mais mulher do que eu jamais sonhara ser.

Entre Clara e ele, apesar da ruptura, houve uma tentativa de retomar uma amizade que jamais se materializou. Ele a amava e sofria por saber que o que os tinha separado era a pobreza, e não falta de amor. Ela continuava a sentir afeto por ele e não queria vê-lo sofrer, e por isso se alegrou quando eu entrei na vida de Adriano.

Ele não é mau, só está perdido, Clara tentava minimizar, evitando dar detalhes sobre sua relação mal resolvida. Amigos desde pequenos, o primeiro amor um do outro, vizinhos de porta, era impossível ignorar o peso daquela história toda enquanto eu entrava em suas vidas.

Mas éramos de planetas distintos. Jovens, mas vividos, eles conheciam a baixeza humana do abuso e da violência. Já eu, adolescente, era uma menina de escola particular com empregada em casa. Tinha sonecas e aulas vespertinas. Enquanto os dois trabalhavam para pagar as contas da família, jamais tive um tostão no bolso, talvez por machismo, talvez porque, como meu pai argumentava, realmente eu não precisasse.

Adriano não me quis, mas me oferecia migalhas de carinho. Me deu um apelido carinhoso, me ligava em casa com frequência e não rejeitava os beijos que eu lhe dava. Mas resistia às minhas investidas picantes, contendo minhas mãos afoitas com gestos suaves e lentos. Sabia que a diferença de idade, e de mundos, mas, principalmente, a falta de amor nos distanciaria em algum momento. Eu era uma diversão discreta, uma amiga sonhadora com delírios infantis.

— Eu gosto de conversar com você, magrela.

Passávamos horas pendurados ao telefone, falando sobre todas as coisas do mundo, tocando música um para o outro, fofocando sobre amigos em comum, reclamando da família e do mundinho limitado da Vila. Era só isso, eu e Adriano.

Clara ouvia minhas queixas e dores com sabedoria. Não compartilhava histórias sobre ele, não fazia fofocas, nem contava segredos. Humilhada, eu comparava meu corpo reto aos quadris generosos e coxas grossas de Clara, meus cabelos sem forma à suas madeixas longas, brilhantes e cacheadas.

Com o passar das semanas, e os raros e cada vez mais espaçados encontros com Adriano, restou Clara. Estar com ela e seus amigos, que ela fazia muita questão que fossem de classes sociais cada vez mais altas, era o meu primeiro lampejo de vida jovem. E não havia nada que eu quisesse mais.

Saíamos de carro, várias meninas apinhadas em um fusca emprestado do pai de Clara, logo que anoitecia. Eu tinha que voltar cedo, portanto, precisava de um pouco de dinheiro para tomar uma única dose de martini branco com cerejinha *maraschino*, a primeira bebida alcoólica que de fato gostei. Aos 13 anos, a minha ambição maior era estar com Clara e suas amigas, todas maiores de idade, andando de carro pela Vila, nos bares e lugares onde gente jovem se encontrava. Conhecer os meninos, também mais velhos, que também tinham carros e levavam moças para beijar em ruas escuras. Enquanto eu mentia minha idade, insistindo inclusive quando todos já sabiam a verdade, Clara gostava de me exibir, menina inocente, justificando sempre que suas amizades sempre foram mais jovens que ela.

Gente! Essa é a minha amiga magrela. Ela nem parece a idade que tem, me apresentava, tomando emprestado o apelido que Adriano me deu.

A falta de peitos sempre me denunciava.

Nas tardes de tédio, eu levava minhas melhores camisetas à casa de Clara (sempre a dela; ela frequentava a minha muito pouco). Trocávamos roupas, e me alegrava saber que, para ela, minhas coisas eram boas o suficiente. E que meu corpo pequeno podia abrigar peças que pertenciam a ela, e vice-versa, o que ela gostava ainda mais do que eu. Com o tempo, nos telefonávamos antes de sairmos juntas, combinando cores para sairmos parecidas. Ainda que não me sentisse exatamente bonita, foi com Clara que aprendi os primeiros ensinamentos de cores, cabelos, maquiagem, truques para valorizar meus pontos fortes. Até mesmo saber que existiam pontos fortes.

Ainda que não quisesse ser Clara, eu desejava ser como ela. Tinha amigos homens, fumava de vez em quando, sabia beber sem deixar transparecer, dirigia e sempre usava seu senso de humor para conseguir o que queria.

Nos anos seguintes, Clara me introduziu a um mundo de rapazes novos para esfumar a paixão que eu tive por Adriano, que logo me pareceu ridícula. Pude conhecer Cadu, um vendedor sem atributos físicos, mas que gostou um pouco de mim e restaurou minha autoestima. Muito gentil, mas pouco fogoso, Cadu logo se apaixonou pela corpulenta prima de Clara, que guiava suas mãos de maneira mais ousada do que eu. Pouco tempo depois, me deslumbrei com Pedrinho, um moço sem nenhum carisma, mas que dava voltas comigo dentro da sua caminhonete da moda. Meu primeiro beijo dentro de um carro foi com ele. Mas logo veio o trio inseparável de playboys que só se diferenciava pela tonalidade degradê de seus cabelos: um moreno, um ruivo e um loiro, os quais beijei nessa exata ordem, com algumas semanas de diferença. Com a ajuda e a influência de Clara, consegui emendar essas pequenas aventuras, uma a uma, enquanto tomava alguns goles de martini às escondidas. Naqueles dias, eu era valente e engraçada. Pertencia àquele mundo de gente madura. Ainda assim, nada mudou no comportamento dos rapazes em relação a mim.

Uma noite, das muitas que eu escapava da casa silenciosa para aventuras noturnas, me encontrei com a turma de Clara em uma das esquinas da Vila, onde os jovens se apinhavam por falta de lugar melhor. Conforme eu me aproximava, via caras novas, rapazes e moças mais velhos, tão seguros, maduros e modernos. Me intimidei. Cheguei cinza, com a mesma carinha da menina magra de maiô da foto na praia. Um rapaz, o mais sorridente, ao me ver chegar, perguntou: Aracy de Almeida, é você?, e estalou de riso, acompanhado por todos que entenderam a piada. Eu ri porque achava que seria engraçado. Só que eu não sabia quem era Aracy de Almeida. Naquela noite, recusei a carona de Clara e fui caminhando até minha casa, pensando que diabos era aquilo.

No dia seguinte, durante o café da manhã, perguntei:

— Mãe, quem é Aracy de Almeida?
— Era uma cantora, minha filha. Muito feia, por sinal. Por quê?
— Nada. Alguém me falou dela e eu não sabia quem era.
De certa forma, eu sabia sim. Assim, passei a me definir através do olhar do outro. E a interpretar qualquer lampejo de interesse do sexo oposto como validação, o ingrediente primordial para que eu me apaixonasse.

Foi assim que fiquei obcecada por Alex, por semanas a fio. Alguns anos mais velho que eu, um dia me viu, de longe, sentada na calçada conversando com minhas amigas. Se gostou do rabo de cavalo ou das pernas finas, jamais saberei. Mas de algo deve ter gostado. Se aproximou, conversou uns minutos e se foi. Perdeu o interesse.

Nesse dia, culpei o bigodinho que teimava em florescer e que era a única coisa que não se percebia de longe. Cheguei em casa e furiosamente arranquei todos os fios do buço que me envergonhava.

Ainda assim, segui Alex por alguns dias. Descobri onde morava, fiz amizade com a irmã, roubei uma foto, falsifiquei uma mensagem de amor para mim mesma. Me dediquei a inventar uma história linda que poderíamos ter vivido se o bigodinho não existisse. Passei semanas construindo castelos de areia até aceitar a realidade: a de que, de perto, eu não era normal.

Eduardo

Um dia, sem nenhum plano melhor, Clara e eu atravessamos a Vila para ir à casa de Eduardo. Eu tinha que conhecer Eduardo. Amigo de um namoradinho de Clara, era apenas um moleque, entre tantos outros rapazes que gravitavam em torno dela.

Chegamos e ele estava sozinho em casa, tomando banho. Ela gritava seu nome do lado de fora, e batia palmas, como se fazia em tempos em que campainhas nem sempre eram eficientes.

— Oi, quem está aí?

— Sou eu, Clara, abre a porta!

— Tô tomando banho!

— Vou entrar, hein, cuidado!, brincou. Clara era atrevida e eu adorava. Ainda assim, a resposta automática surpreendeu até mesmo a ela.

— Quer me ver pelado? Vem, ué. A porta está aberta.

Nos entreolhamos, e com sorrisos constrangidos, nos calamos até que ele terminasse o banho e saísse. Eu ainda não sabia o que esperar.

Eduardo entrou na minha vida sem camisa, descalço, de bermuda e com os cabelos molhados. Acabou-se ali o suspense que eu alimentei durante os poucos minutos em que o esperava do lado de fora. Tímido e gentil, ele era miúdo em todos os sentidos, em uma época em que eu me impressionava com grandes personalidades e belezas. O fato de não ser exatamente bonito eliminou as barreiras que eu normalmente teria com os "desejáveis". Simpatizamos. Nos aproximamos.

Menino pobre, órfão de pai, do qual era filho bastardo, Eduardo morava com a mãe em um bairro afastado na Vila, em uma casa bem cuidada, mas decadente. Tinha uma postura perfeita, as costas retas dando-lhe valiosos centímetros a mais. O sorriso era bonito, e o cabelo loiro estava sempre cuidadosamente penteado em um topete alto. Tinha ar de menino criado pela avó: educado e correto.

Naqueles dias, Eduardo estava de férias na casa da mãe. Morava fora da Vila, onde terminava seus estudos preparando-se para entrar na universidade. Clara queria que a gente se conhecesse porque eu, a contragosto, também partiria em breve. Aos 14 anos recém-completos, contrariando minha vontade de permanecer gravitando em um universo dominado por Clara e seu séquito, eu e a mãe fomos embora da Vila.

A Mudança

Em uma dessas coincidências afortunadas, a mudança aconteceu no mesmo momento em que fui me dando conta de que, na Vila, seguiria sendo invisível. E era preciso fazer, ou ser, algo que ali eu jamais poderia. Diferente da história de tantas mocinhas de novela, a Vila não ficou pequena demais para as minhas ambições. Mas era preciso ser outra versão de mim, começar do zero, para deixar de ser insignificante.

Traumatizada pela humilhação do abandono, minha mãe, que ansiava por uma nova vida longe do contínuo fofocar da Vila, me levou para a cidade motivada por uma razão indiscutível: a menina precisa estudar. Mas não era só isso. Outros filhos da Vila, amigos meus, filhos de amigas suas — sempre homens — já haviam feito sua diáspora, mudando-se para outras cidades ainda antes da maioridade. Eu, menina, precisava de um tutor.

Ou o que as pessoas iriam falar? A obsessão dela sobre a opinião alheia me sufocava.

As roupas que usava, as amigas que me acompanhavam, o vocabulário, tudo precisava ser meticulosamente correto para que a sociedade não me julgasse. Até mesmo quando comecei a planejar saídas clandestinas, tão bem elaboradas que ela nunca se dava conta, era preciso aperfeiçoar movimentos e álibis. A preocupação maior da mãe, porém, se revelava em uma proibição velada. Eu não podia ter um namorado.

Eduardo era candidato único e, desconfio, não tão consciente de que sequer estava sendo considerado para o posto. Algumas semanas após minha mudança da Vila, nos reencontramos casualmente em uma rua do centro da cidade, que não era tão grande. Não demorou muito para que eu começasse a frequentar casualmente seu apartamento de estudante, que dividia com um amigo. Apesar da aparente inocência daquelas visitas, porque eu jurava que ele podia, sim, ser meu amigo, sentia que ia ali para praticar minha incipiente arte de seduzir. Sem oferecer festas, drogas, bebidas ou nenhum atrativo óbvio para uma adolescente, a casa era apenas um lugar de encontros longe dos olhos controladores da minha mãe, em tardes em que eu mentia estar na escola, com amigas, ou na aula de piano.

Eu já havia decidido que Eduardo seria meu, só demorei a me convencer que gostava dele. Desconfio que ele tenha tido as mesmas dúvidas que eu. Por isso, vivemos nossas primeiras semanas conversando, ouvindo música ou simplesmente passando tempo juntos. Foi nosso melhor momento.

Clara e eu narrávamos nossas aventuras em cartas copiosas uma à outra, escritas quase diariamente e enviadas ao simbólico preço de um centavo. A cada carta, e a cada resposta, aumentava minha vontade de falar sobre Eduardo, tentar florear um pouco aquela história que não me trazia nada, construir um conto de fadas só meu. Mas me faltava a estrutura do conto: eu tinha o herói e a mocinha, uma bruxa em potencial que não permitia a aventura do amor e nenhum acontecimento, nem conflito.

Até que um dia, cansada de pensar e movida por uma ansiedade por finalmente quebrar uma regra, um dia eu simplesmente deixei Eduardo me beijar. Foi uma cena desengonçada, em um final de tarde em que se aproximava minha hora de ir para casa, em que faltavam assuntos e desculpas para voltar mais vezes. Tocou uma música bonita, eu o tirei para dançar, (e foi a primeira vez que eu tirei alguém para dançar na vida, algo que eu repetiria muitas vezes até tornar-se uma de minhas especialidades de menina desinteressante). Me senti ousada quando apaguei a luz para criar o clima que eu achava que a música merecia. Foi quando ele entendeu. E me beijou.

Repeli o beijo em um primeiro momento, porque ainda não tinha certeza se eu queria estar com ele. Essa primeira hesitação amorosa era um prelúdio de tantas outras em que eu não estive convencida de sequer sentir algo, e mesmo assim fui adiante: beijos, sexo, relações. Durante alguns segundos, uma conversa interna acontecia:
— *Vai rejeitar? É o único que te quer.*
— *Você não sabe se gosta dele.*
— *Talvez goste, com o tempo.*
— *Ele não é bonito, mas você também não é.*
— *Está escolhendo, é? Acha que pode escolher?*

Mas logo voltei a procurar a boca de Eduardo. Era bom o suficiente, e isso me bastava. Eu já tinha a minha história.

E assim, sem muita convicção, fui cultivando com Eduardo uma paixão intensa e controladora, não exatamente por ele, mas pelo novo status que ele me concedia. Ter namorado significava dar e receber presentes, declarações de amor, beijos públicos e cenas de ciúme. Sair e ficar juntos, gradualmente liberando mãos e bocas para avançar para a próxima etapa. E eu tinha pressa. Eduardo também era virgem, mas fingia ter experiência prévia.

Nessa época, uma conversa com a minha mãe revelou muito sobre o que sentia e queria. Ela dirigia, e, sem coragem de me olhar diretamente, pregava os benefícios da virgindade, coroados por uma frase-chave que fazia as vezes de amém: meninas virgens podem escolher, as outras são apenas escolhidas.

Mamãe sabia das coisas sem saber e, intuindo minha vontade de ser desejada, tocou profundamente em uma ferida que jamais seria curada. Assim, poderia me fazer esperar por uma recompensa que certamente viria, se eu fosse pura o suficiente. Mas a realidade era que eu nunca fui escolhida. Nem na educação física, nem na fila das amizades populares, muito menos na corrida do amor, onde sempre as mais velhas, bonitas e corpulentas passavam na frente.

Agora tinha a sorte de ser escolhida por Eduardo para aquele beijo e escolhi viver esse amor atropelado, sem cuidado nem lista de prós e contras onde a virgindade tivesse lugar. Ansiosa, eu bebia a grandes goles aqueles beijos e mãos afobados, mais por desejo de conhecer e viver a juventude do que por Eduardo. Acabei apaixonando-me por ser namorada. Gostava de escapar da escola no intervalo e correr para a casa dele, roubar 30 ou 40 minutos de seu tempo.

— A gente vai se casar daqui a sete anos!, eu pregava, calculando os anos de cursinho e faculdade, ansiosa por reproduzir os sonhos de minha mãe.

— Mas morena, eu quero fazer Medicina!, reagia Eduardo, os olhos enormes de terror e ternura.

— A gente dá um jeito, eu respondia, a cabeça anuviada de desejo, sem deixar espaço para tréplica, enquanto afastava suas roupas para transar pela segunda ou terceira vez.

Eduardo não protestava, ainda que suas respostas fossem pouco enfáticas. Ele também desfrutava, à sua maneira, ainda que estivesse focado em estudar, fazer valer o esforço da mãe que sacrificava tanto para ter o filho morando na cidade. Enquanto eu me dedicava a ter tantas faltas quantas fossem possíveis na escola sem reprovar, nem chamar a atenção dos professores, ele se esforçava para conciliar namoro e estudos, em tentativas inúteis de restringir minha presença constante. Na nossa idade, era muito difícil resistir ao apelo do sexo ilimitado.

Nosso namoro durou pouco mais de um ano. Aos poucos, ele se cansou dos meus arroubos românticos, minha obsessão ciumenta e meus planos mirabolantes para um futuro que, ele sabia, nunca aconteceria. Éramos jovens, tantos amores à frente, e no auge da minha paixão eu planejava fuga, casamento, filhos.

O ciúme e meu controle sobre ele se tornaram tão comuns quanto suas mentiras. Concorríamos pela história mais elaborada e tentávamos apagar os rastros de nossas invenções. Em uma dessas narrativas rocambolescas, ele me disse que precisava viajar para outra cidade para encontrar o irmão, e que voltaria no dia seguinte. A notícia me deixou louca de ciúme, mas também me deu um sentimento novo: a vontade de fazer algo intenso e perigoso com aquele tempo que eu acabava de ganhar.

Peguei o telefone e chamei amiga por amiga, até encontrar um plano excitante para a minha noite de sábado: ir à festa na casa de um conhecido de uma delas, em um bairro distante da cidade.

Era uma casa grande e avarandada, cheia de adolescentes barulhentos e inconsequentes. A festa era um churrasco em que havia muita cerveja e pouca carne em um quintal nos fundos. Fui compensando a fome com goles generosos de cerveja.

Três latas depois, vi que um menino bonito e sério me olhava de longe. Levava um capacete nas mãos, e só pelo fato de ter moto significava duas coisas: era maior de idade e aventureiro. Me olhou tanto que sorri, e bastaram mais dois goles de cerveja para me motivar a beijá-lo em um canto qualquer da casa.

Se apresentou:

— Felipe.

Percebi que o F saiu de um jeito estranho, uma sibilância que não era comum. Pedi para repetir, e um ventinho discreto saía da boca que eu acabara de beijar com tanto afinco.

E foi quando percebi que Felipe não tinha os dois dentes da frente. Ficou sem graça ao ver que eu notei e tentou se justificar: tinha sofrido um acidente de moto, dias atrás, mas já tinha dentista marcado. Era temporário.

O resto da noite foi um borrão. Me lembro de correr para o banheiro, seguida por minha amiga, obcecada em manter meus cabelos protegidos dos jorros de vômito; alguém na porta do banheiro filmando meu vexame com uma câmera caseira; Eduardo telefonando, sem que eu atendesse.

Quando finalmente consegui, a voz enrolada e o ruído me denunciaram. Ele desligou sem dizer nada. Foi o meu primeiro porre. E minha última chance com ele. Eduardo seguiu adiante. Terminou comigo e já se enroscou com outra menina, a irmã de um amigo. Cega de ciúme, corri para a sua casa uma tarde de domingo, usando a blusa mais curta que minha barriga chapada permitia. (um agradecimento à Clara que me ajudou a valorizá-la).

Toquei o interfone. Ele estava com a outra, dentro de casa.

Não abriu para mim.

Liguei, não me atendeu.

Aproveitei a entrada de um morador e me enfiei dentro do prédio.

Subi até o apartamento.

Toquei a campainha. Sem resposta.

Bati na porta do vizinho ao lado. Em prantos, expliquei que estava passando mal e que precisava falar com meu namorado. O vizinho me deixou entrar. Atravessei o apartamento do vizinho e comecei a chamá-lo pela varanda. Ele apareceu apenas para explicar que não adiantava tudo aquilo.

E me enxotou de vez.

Assim acabou minha história com Eduardo, meu primeiro namorado e brinquedo amoroso.

Senti mais por não ter acesso a beijos, carinhos e sexo irrestrito do que por perdê-lo. Éramos tão diferentes que jamais poderíamos ter durado mais do que duramos. Mas Eduardo me fez um favor. Me disse que eu era bonita. Não diretamente, porque ele não era desses. Ao me contar sobre uma conversa que teve com um amigo, disse que ambos concordavam que eu tinha uma beleza atemporal. As outras, as bonitas com B maiúsculo, passariam. E eu ficaria. Guardei essa lembrança para toda a vida. Já Eduardo, esqueci em dois meses.

Post mortem

Afoguei as mágoas de Eduardo, meu primeiro amor, nos braços de Tadeu, uma paixonite adolescente que tive na escola nos meus primeiros dias na cidade, e que já havia esquecido não fosse o interesse repentino que demonstrou por mim ao saber que eu estava namorando. Quando Tadeu me chamou para ir ao cinema, enquanto eu lambia as feridas da rejeição de Eduardo e da outra que ocupava o meu lugar, não tive coragem suficiente para dizer não. Era um afago no ego. Sair com ele, finalmente sentir aquela boca com a qual eu sonhei platonicamente, e que agora só me atraía vagamente, era um presente que eu poderia dar ao meu passado.

Fomos ao cinema. Mal conversamos, nos beijamos umas duas vezes e saímos tão desconcertados quanto entramos, sem saber o que fazer daquele encontro tão despropositado. Nos despedimos amigavelmente e nunca mais nos falamos.

Tadeu me presenteou com duas coisas: a consciência de que é preciso dizer não mesmo quando não se é bonita, e um herpes labial para a vida toda.

A Cidade

Estar com Eduardo não me permitiu conhecer, nem viver, a cidade. Enfiada tantas horas em sua casa, fazendo um treino intensivo de corpo e prazer alheios, eu mal tive a oportunidade de fazer amigos. Da casa para a escola, de lá para a casa dele, me restava pouco tempo para o resto.

De qualquer maneira, eu odiava a cidade. Grande, confusa e fria: era tudo o que eu podia pensar daquele lugar. Por que não se podia fazer tudo a pé? Por que era preciso usar tantas blusas de frio no inverno? Passear no shopping, andar por prateleiras de supermercado cheias de coisas que não podíamos comprar, invejar adolescentes que iam a matinês que jamais me seriam permitidas?

De certa maneira, a Vila me protegeu de uma ausência que ficou muito evidente na cidade — a de poder ir e vir com liberdade. Simplesmente porque na Vila não existiam lugares para ir. A rua era o destino de todos, adolescentes, jovens e adultos. Os namoros aconteciam à luz do dia, ou da noite, e por isso todos sabiam de tudo. A cidade tinha seus recônditos, bailes, discotecas e matinês, aos quais eu nunca ia, seja por falta de dinheiro, de permissão ou de companhia.

Os duzentos quilômetros que separavam a Vila e a cidade me pesavam. Mais do que seu tamanho tão estrangeiro, a presença de bairros com tantos nomes e linhas de ônibus imemoráveis, o que mais me tocou, logo no começo, foi perceber que meu jeito de falar era diferente: rural e jocoso. Não me entendiam. Tampouco eu queria entendê-los.

Aos 16 anos, logo ao perder o primeiro amor, senti desamparo pela primeira vez. Sem amigas para as quais desabafar, naveguei sozinha por esse oceano de dor. Em casa tinha que fingir sempre: a mentira era minha melhor e mais libertadora aliada. Me refugiei nos livros e nas cartas à Vila. Ainda se escreviam cartas. Ainda existia a Vila, me esperando sempre que eu precisasse.

Lá estavam tios, tias, primos, primas, amigas. Avós, que ainda viviam. Íamos sempre, exageradamente até. Na Vila, eu vivia. Continuava escapando sem que os adultos soubessem, tinha aventuras, amigos, descobertas. Era feliz.

Voltar para a cidade sempre foi difícil, mas minha vida estava lá. Que vida?

Manuela

Nos conhecíamos desde muito pequenas. Nossas mães eram próximas e, por tabela, nos tornamos amigas, em pouco tempo inseparáveis. Manuela foi uma de minhas primeiras memórias, aos cinco ou seis anos, na época em que a escola era um mundo tão enorme e desconhecido e as amigas, meu refúgio.

Boa aluna, alta, sabia liderar e jogava todos os esportes. Por sorte, quando nos conhecemos, estávamos em uma idade em que eu ainda não tinha consciência da minha invisibilidade. Para mim, Manuela sempre foi uma igual.

Na infância, amávamos platonicamente os mesmos meninos da escola, e os disputávamos em conversas intermináveis para imaginar qual seria a escolhida.

O tempo e a mudança de escolas foram nos distanciando naturalmente. A vida me jogou nos braços de outras amizades: Giulia, Clara, Eduardo.

Mas a cidade tinha seus atrativos e um deles é ter uma universidade. Algo que a Vila jamais teria. Para as nossas mães, vindas de uma geração em que estudar era uma ordem (ainda que seja para estar bem-educada ao casar--se — virgem, é claro), a Vila se fazia pequena para filhos em idade de estudar.

Foi assim que Manuela também foi para a cidade. Sozinha. Sem mãe, nem tutor.

Jamais invejei tanto sua sorte quanto naquele momento.

Manuela na cidade fez com que retomássemos nossa amizade quase instantaneamente. Conviver foi uma salvação para as duas: ela, sozinha pela primeira vez em um lugar grande e desconhecido; eu, humilhada pela perda de Eduardo e buscando algum consolo e conselho. Um sotaque amigo.

A casa de Manuela foi o primeiro contato que tive com uma república com vários estudantes. Aos meus olhos, a vida mais perfeita que alguém poderia ter.

Autonomia, independência e privacidade. Domínio sobre seu tempo. Algum dinheiro na mão, ainda que pouco. Falta de olhos vigilantes. Ir ao supermercado e comprar o que quiser. Escolher a música que vai tocar alto. Receber meninos em casa. Viver sem ter que mentir, imagina só.

Minha vida clandestina com Eduardo exigiu de mim uma capacidade de mentir de forma constante, ainda que coerente, para todos os adultos. A meu pai, inventava novas necessidades de dinheiro; livros, taxas, passeios da escola. À mãe, pequenas falsidades que se enrolavam em todas as nossas conversas. Das faltas gritantes na escola, ao curso de piano já inexistente, passando por amores e suas frustrações, escapadas noturnas, era preciso esconder quase tudo para manter as aparências. E eu o fazia muito bem, a ponto de jamais ser descoberta. O mais importante: "que não falem de mim". Dela. Ao mentir, eu cumpria o acordo tácito que fizemos entre mãe e filha: esconder bem as coisas para que nunca se saiba que não somos perfeitas.

A rotina de mentiras caiu perfeitamente bem com a chegada de Manuela.

Começou com os cigarros de menta, igualmente maus para a saúde, mas que deixavam um gostinho fresco na boca. De forma equivalente ao martini com cerejinha, esses cigarros foram minha primeira experiência com um vício que poderia ter seguido para o resto da vida, se eu realmente pegasse gosto pela coisa.

O que gostava mesmo era de escapar até a casa de Manuela, de tardezinha, sempre com a desculpa de estudar ou ir ao piano, e fumar um cigarro de menta, que dividíamos para economizar. Às vezes, cozinhávamos algo simples ou compartilhávamos um pote de creme de cacau, uma panela de brigadeiro, um pacote de biscoitos recheados, enquanto falávamos sem parar e escutávamos música. Aprendemos juntas a cozinhar, depois de erros e acertos, ingredientes mal aproveitados ou simplesmente estragados pela nossa inabilidade. Quase incendiamos sua cozinha em um desses dias, em um acidente que gerou somente cílios queimados e um teto chamuscado de preto.

Manuela me apresentou às bandas das décadas passadas: Rolling Stones, Janis Joplin, The Doors e The Police. Com ela também fumei meus primeiros cigarros de maconha e, com eles, tive as primeiras crises de risos sem motivo, laricas, paranoias e novas habilidades. De repente eu sabia dichavar, apertar, fumar. Tragar. Segurar.

Um bom fumante fala dez palavras sem soltar nenhuma fumaça, tínhamos que repetir, para provar que essas exatas dez palavras saíam à perfeição. Para só depois soltar. Era divertido.

Mergulhadas no conteúdo do cursinho pré-vestibular, saíamos muito pouco, seja por falta de dinheiro ou de interesse pela cidade, que nunca nos conquistou de verdade. Preferíamos alugar filmes na locadora do bairro, ouvir música tomando uma cerveja comprada clandestinamente no supermercado da esquina ou sonhando acordadas com algum menino do cursinho, os vizinhos do apartamento ao lado ou um professor que chamasse nossa atenção. Para minha surpresa e admiração, Manuela chegou a ter casos pontuais com pelo menos um membro de cada uma dessas listas.

Espiávamos os vizinhos pelo olho mágico da porta, ou escutávamos suas conversas com a milenar técnica do copo na parede.

A milenar técnica do copo na parede

Passo 1: Encoste a borda de um copo na parede.
Passo 2: Ponha o ouvido no fundo do copo.

De acordo com alguma lei da Física que àquela época dominávamos, o vidro é um condutor do som e amplifica as ondas sonoras, ajudando o espião a ouvir melhor o que está sendo dito no cômodo ao lado.

Passo 3: Escute conversas ininteligíveis e tente decifrar o que o vizinho está falando de você. Porque, obviamente, o vizinho só poderia estar falando de você.

Éramos curiosas, mas também excitadas em busca de uma aventura com aqueles rapazes do apartamento ao lado. Acabamos nos tornando amigos, e rapidamente nos envolvemos, cada uma com o seu preferido.

Meu "eleito", Ricardo, um menino do interior que deixou uma namorada esperando por ele na sua cidade natal, foi minha primeira experiência sexual depois de Eduardo. Foi apressado, sem química nem jeito, mas carinhoso. Depois de duas ou três tentativas, vi que éramos incompatíveis. Terminamos quase sem perceber. Aos poucos, o sexo deu lugar a beijos, que deram lugar a mãos dadas, que deixaram de se tocar. E acabou. Nunca senti nem vontade nem prazer.

Dessa vez, terminar foi um alívio mais do que uma dor. Mas estar com Ricardo abriu meus olhos para todas as possibilidades à minha frente. Já a libertação sexual de Manuela, que mesmo adolescente era muito mais experiente, me ajudou a dar um passo a mais para ser a mulher que eu pretendia ser.

Começamos a sair para conhecer gente. Íamos a shows de artistas que gostávamos, a preços relativamente acessíveis e em megaeventos. Era uma novidade, já que a cidade estava incluída nas turnês de várias bandas nacionais, e os shows tinham certa abertura para que nós, menores de idade, pudéssemos beber e fumar.

Minha mãe nos levava e buscava de carro para ter a sensação de controle. Era o álibi perfeito.

Manuela me ensinou que estava tudo bem beijar sem compromisso, desde que tivesse vontade. Fizemos turma com outras meninas da Vila que foram chegando, ganhei confiança para ser eu mesma em um grupo diverso, e que me aceitava. Falávamos o mesmo idioma. Estávamos protegidas da xenofobia da cidade.

Em uma dessas saídas, Manuela me apresentou Tico, um namorado do qual ela se cansou rápido, por um motivo qualquer — e eu me apaixonei instantaneamente por ele.

Tico

Tico era alto e moreno, mais charmoso que bonito. Tinha um cabelo negríssimo e ondulado, que penteava cuidadosamente em um topete, costeletas que lhe davam um ar meio vintage, olhos curiosos e uma lábia infalível. Era estiloso, sabia dançar e conhecia todas as baladas. Tocava algum instrumento irrelevante, mas sempre estava no meio das rodas de samba.

O mais apaixonante foi saber que Tico tinha amigas mulheres com as quais nunca havia se envolvido. Me pareceu um símbolo de modernidade da cidade grande e da nova geração de homens que se cultivava ali.

Obviamente Tico não se interessou por mim em um primeiro momento. Seu olhar passou por mim como muitos olhares masculinos passariam: sem curiosidade, nem demora.

Mas aconteceu o que acontece às vezes, por mágica e acaso. Tico me olhou de novo, e ao me notar, fez sinal com a mão para que eu fosse até ele. Fui. Claro que fui. Hipnotizada, troquei não mais de três palavras com ele, que resolveu dar uma chance e um beijo. Foi em um desses shows com condições controladas em que eu estava autorizada a ir, graças à crença de minha mãe de que, ali, nada de mau poderia acontecer. Pois aconteceu Tico, o beijo e uma cerveja eventual contrabandeada para fora do cercadinho dos maiores de idade. Dentro do universo do que se pode acontecer a alguém de 16 anos, nada mal.

    Eu tinha uma fome enorme de viver as experiências que eu tinha perdido ao estar tanto tempo com Eduardo e Ricardo, sem poder ter a recompensa do meu desejo e dedicação. Com Tico, sua liberdade e anos a mais do que eu, havia uma chance de descobrir. Ele não era um garoto, era um homem. Mas depois do beijo que me acendeu a luz de todas as possibilidades, nos perdemos um do outro entre idas ao banheiro e a compra de alguma bebida. Tico se foi, me deixou desiludida e apaixonada.

    Fiquei semanas sem saber dele, até que, em um ato desesperado, pedi a Manuela que me desse o seu telefone. Até então, ela não sabia que eu havia encontrado — e beijado — Tico, enquanto eu tentava evitar essa conversa por pensar que ela se magoaria. E também por vergonha. Afinal, eles tinham uma história, e mais uma vez, como foi com Clara, eu me encantava pelo ex de uma amiga. A vergonha me impediu de confessá-lo a Manuela, que deu uma gargalhada quando soube da minha hesitação.

— Mas logo o Tico? O Tico é um puto — disse, sem mágoa.

Manuela me olhava incrédula, curiosa. Senti um aperto no peito.

— Mas e vocês? Ainda têm alguma coisa? — eu temia e tremia.

— A gente? Nada! Ficamos algumas vezes e ele se distraiu com outra coisa, mulher, balada, sei lá.

— E você ficou chateada?

— Um pouco, mas depois vi que o problema não era comigo. Já disse, ele é um puto.

E me passou o telefone de Tico, não sem antes avisar que eu estava entrando em terras movediças. E que, talvez, eu não estivesse preparada para o que viria.

Manuela tinha razão.

Ao atender o telefone, Tico ficou surpreso com a minha ousadia, depois de fazer um breve esforço para se lembrar de mim. Não se recordava do meu nome. Precisei dar contexto, aquela pessoa, daquele beijo, naquele show. *Para mim: a menina dos restos, os restos de Manuela.*

Eu, no entanto, estava extasiada. Ter sido vista com Tico foi uma grande mudança de status: da menina que buscava restos ao primeiro escalão da popularidade. Ou, pelo menos, da popularidade possível.

Como Adriano, e também Eduardo, Tico era pobre. Não tinha carro nem morava no bairro de maior prestígio, o que não me importava, dado o meu desconhecimento sobre a dinâmica da cidade. Na Vila, todas as casas estavam em uma espécie de centro expandido. Na minha cabeça, os carros serviam para duas coisas: se exibir e dar amassos com alguma privacidade.

Na cidade, um bairro, um CEP e até os dígitos do número de telefone significavam muito. Mas eu não estava informada, nem preparada para ler todos aqueles sinais. Já acostumada a andar de ônibus para ir à escola, ou à casa de Eduardo, não me incomodava em ir por conta própria aos lugares. Na verdade, as lonjuras da cidade me convidavam a caminhar, descobrir novas rotas e me perder de propósito.

Desconfio que isso tenha definido minha maneira de me relacionar com o outro, com as cidades, comigo mesma.

Nessa época, quando mesmo a amizade de Manuela não era suficiente para aquietar minha solidão, eu costumava sair sem rumo pela cidade, ao cair da tarde, quando tudo era calmo e quase escuro. Andava sempre sozinha, descobrindo ruas e bairros. Na falta de uma direção, flanava pelos cantos desconhecidos. Sem medo, com alívio até, ao passar despercebida pelos olhos masculinos, escapando do perigo do assédio. Sem os julgamentos da Vila. Que sorte a minha, eu suspirava. Ser invisível às vezes tem suas benesses.

Mas nesse dia, ao falar com Tico, a minha sorte foi a de ser ligeiramente memorável, na medida certa para que ele ficasse feliz ao falar comigo por telefone. Marcamos um segundo encontro: um cinema e uma volta de mãos dadas pelo bairro até chegar a uma viela escura para podermos ficar juntos com alguma intimidade. Tico parecia saber todos os segredos da cidade, do mundo adulto, da vida.

Na noite do segundo encontro, depois dos primeiros beijos no escuro, ele me olhou, sério, segurou meu rosto pequeno entre suas mãos enormes e decretou: eu te acho bonita. Passei muitas noites revivendo cada uma dessas quatro palavras, que me diziam tanto. E que me fizeram concluir que, sim, eu estava apaixonada por ele, só ele, que me achava bonita, não é que fosse uma verdade, mas ele achava e era tudo o que importava. Naquele dia, eu decidi que ficaríamos juntos para sempre.

Como Manuela havia me avisado, Tico era um puto. Mais que puto, gostava de tensionar os limites, seus e dos outros. Tinha um senso de humor expansivo, quase incômodo. Chegava falando em voz alta, um gingado malandro, sorriso enorme, sedutor. Vivia veloz, com fome de todas as coisas. Fumava e bebia muito, dançava todos os ritmos, beijava com volúpia, comia com ganas, não se cansava. Tinha 21 anos e toda a pressa de viver.

— Vem aqui, preta, que hoje você vai aprender a beber direito. Ele controlava meus goles de cerveja, pedindo tempo entre cada trago. Vamos ali que eu tenho um contato bom para tomar umas coisinhas, enquanto me encaminhava para dentro de bares duvidosos, com gente mal-encarada. Eu seguia, muda e obediente, maravilhada com todas as coisas que Tico sabia.

O que me movia era a necessidade de quebrar os limites que o mundo exterior me impunha, a rebeldia de contestar os nãos que a família e a Vila me impuseram durante todos os anos. Tico era outro desejo: o de provar-se vencedor. Ele se excitava com a conquista, vencer os entraves do corpo, viver além do que se é permitido. Já havia tido todas as experiências que se pode ter, inclusive a dor maior de ver a morte dos pais de perto.

Eu só soube desse trauma muitos encontros depois, quando Tico finalmente se rendeu à minha curiosidade de me deixar entrar em sua vida. Foi aos poucos, conhecendo um amigo, um parente por vez, que fui vendo o outro lado daquele rapaz tão vivo e intenso, mas também tão pobre, sem amor nem cuidado, sua vida de violência e abusos, seu entorno explosivo. Ao penetrar naquele mundo que me foi poupado a vida toda por haver crescido em uma redoma de privilégio, entendi o porquê de Adriano não ter me deixado entrar. De Clara ter lutado tanto para viver outra vida. De Eduardo e sua mãe se sacrificarem tanto para escapar das probabilidades, com estudo e trabalho duro. Ao viver tão perto da pobreza e da ausência de regras que a controlavam, eles sabiam do que deviam fugir. Eu não. Mas Tico já estava dentro e não tinha como voltar atrás. Me pegou, com o pouco de amor que podia oferecer, e me levou para dentro de casa.

A casa de Tico, tocada por três jovens, ele e seus dois irmãos mais velhos, era um sobrado digno, mas humilde que se deteriorava a passos rápidos. A sujeira no chão, os colchões amontoados denotando o caráter impermanente da vida naquele lugar, tudo gritava abandono. A comida faltava e a conta pendurada no bar do bairro se mantinha aberta por pena e sentido de comunidade. Às vezes algum vizinho convidava os meninos a tomar uma cerveja e abatia parte da dívida. Ou algum padrinho passava por ali e saldava a conta da semana. Até mesmo os meninos, quando se animavam ou tinham vergonha de pendurar mais uma, iam deixando algumas notas a mais na mesa do bar quando passavam por ali. Era uma pequena família, amontoada em uma pequena casa, onde se sobrevivia. E só.

Alan e Beto eram os irmãos de Tico. Idênticos, quase gêmeos, eram uma versão mal desenhada do irmão mais novo. Eram baixos, atarracados, dois blocos de músculos moreno-acinzentados. Tinham os olhos arregalados, a boca pequena e o nariz adunco, o que lhes davam um ar de corujas sempre que estavam sérios.

Alan, o mais velho, era inofensivo. Sério e calado, com seu salário de militar assumiu cedo as responsabilidades da casa, até que os irmãos chegassem à maioridade, quando recomeçou sua carreira de bêbado do bairro. Conseguiu uma aposentadoria precoce um ano após a morte dos pais e, desde então, jamais era visto fora do seu posto: o bar da esquina, onde dormitava e cumprimentava os passantes. Em parte, por seu físico pouco atraente, em parte por sua personalidade fosca, Alan jamais fez sucesso com as mulheres. Teve duas namoradas na vida, uma aos catorze anos, quando era coroinha da igreja e vivia entre as filhas das beatas, outra aos dezoito, uma mulher vinte anos mais velha que o levou para a bebida e desapareceu poucos meses depois, ao engravidar de outro. Alan nunca se recuperou desse abandono e fechou-se para o resto do mundo. Falava o suficiente, não se dava bem nem mal com os irmãos, não tinha amigos nem vontades.

Beto era o oposto do irmão mais velho: falador e festeiro, sempre arrumava briga onde estava. Flertava com as mulheres dos outros, o que lhe rendia ameaças de morte ocasionais e fugas de meses para a zona rural, onde viviam alguns parentes. Voltava para a cidade quando arrumava confusão na roça. Saltava de trabalho em trabalho, de encrenca em encrenca, de mulher em mulher. Quando o conheci, fazia bicos de personal trainer na academia improvisada do bairro, ensinando segredos da musculação e ganhando um dinheirinho por baixo dos panos traficando anabolizantes.

Os três irmãos tinham suas histórias com drogas, bebidas, mulheres. Cada um com sua dor, que se manifestava de maneiras distintas, e que tentavam apagar com o alcoolismo, a impermanência, a ousadia. Tico era o mais afortunado dos três: alto, bonito e carismático, tinha emprego com carteira assinada e o mais importante: quase nunca estava em casa.

Ao me levar à sua casa, meses depois do nosso primeiro encontro, Tico me revelou o quanto estava apaixonado sem dizer nada. Abrir aquele espaço, seu lado sujo e decadente, significava desfazer a imagem de invencível que ele havia construído com tanto esforço. Contou-me muitas histórias dos irmãos, do bairro e me alertou de todas as pessoas e perigos dos quais eu tinha que me afastar antes de me deixar vê-los com meus próprios olhos. Eu jamais consegui ver as sombras que Tico via. Mas ao desembarcar no bairro, em sua casa, tudo o que eu enxerguei foi tristeza.

Alan e Beto estavam lá, sorridentes, com cervejas geladas e a casa decente, o chão riscado com marcas de pano malpassado, demonstrando o esforço inútil da limpeza. Alguém tinha empesteado o ar com um perfume forte, disfarçando o cheiro do quintal cheio de lixo. Um pagode tocava alto no aparelho de som.

Eu era a festa.

— Mas que prazer! Bem-vinda!

Beto foi o primeiro a me dar um abraço e um copo de cerveja. Naquela época, eu odiava cerveja, sem paladar para bebidas que não fossem doces. Tico havia me ensinado a beber devagar, em goles pequenos, explicando que o prazer da bebida não estava exatamente no sabor. E que, afinal de contas, quanto mais gelada a cerveja, menos se percebia aquele gosto amargo.

Alan e Beto me olhavam como se eu fosse de outro planeta. Tive que explicar tudo: a Vila, o colégio em que estudava, o bairro em que eu morava. O que eu fazia, o que fiz, o que queria fazer da vida. Sentia o olho de Tico brilhando enquanto eu falava, o orgulho de ter alguém com preocupações tão inocentes quanto escolher o curso da faculdade, enquanto ali tudo era sobre conseguir sobreviver naquele mês. Apesar de acolhedores, os irmãos me olhavam desconfiados, talvez pensando o que me havia levado até ali. Tico não percebia, ou fingia não perceber aquele estranhamento que pairava no ar enquanto eu, perdida na minha insegurança, pensava que me julgavam não ser boa o suficiente para aquele irmão mais novo tão promissor.

Quando pude, fui ao banheiro e tentei evitar olhar demais para os detalhes: os azulejos que faltavam, a privada sem tampa, o espelho carcomido. Me reconheci naquela imagem refletida enquanto lavava as mãos: aquela menina magrela e pensativa da praia me olhava de volta. Chequei o suor, que desde a puberdade me brotava sem controle, fizesse frio ou calor, o que só me fazia usar preto. Coincidência ou não, a cor nunca saiu de moda e combinava com os dramas da idade.

Ao sair do banheiro, Alan me esperava com uma cara confusa. Sorri amarelo, sem entender o porquê daquela presença.

— Olha, menina, a gente gostou muito de você, dizia, sem me olhar, revisando os sapatos enquanto retorcia as mãos.

— Obrigada! Vocês foram muito legais comigo!, eu sorria, genuinamente.

Silêncio. Os dedos de Alan tremiam, os olhos se mantinham baixos.

— Cuidado com o Tico, viu? Ele é meio complicado..., e riu nervoso.

Sem saber o que dizer ou como reagir àquele irmão recém-chegado à minha vida, fiquei parada diante da porta do banheiro, buscando referências na minha parca biblioteca de reações. Eu não havia sido criada para conflitos, ou situações desconfortáveis. A família tradicional, católica, havia deixado marcas profundas o suficiente para que eu usasse o silêncio com frequência. Mais do que isso, eu nunca havia tido uma conversa adulta com esse tom de alerta, o que me fazia duvidar se aquelas palavras eram ameaça, cuidado ou ressentimento.

Ao sentir a minha falta nos breves minutos em que estive no banheiro, Tico me buscou pela casa. Se aproximou ao entender que havia algo errado. Foi a primeira vez que vi transformar seu rosto e percebi o que então se tornaria uma marca registrada: umas covinhas no queixo que saíam quando ele se irritava. Até hoje, se fecho os olhos, consigo ver Tico, tão novinho, com o lábio inferior protuberante e aquelas covinhas que significavam tempestade.

Ele me puxou pelo braço, e fui sem me despedir direito dos irmãos, que se mantiveram intrigados e desconfortáveis com aquela menina alienígena que foi embora tão rápido quanto chegou. Saímos com pressa, e custei a acompanhar os passos das pernas longas de Tico pelas ruas do bairro.

No caminho, não consegui mais falar com ele, que me respondia monossilábico. Tampouco tive a coragem de lhe perguntar: o que queria dizer aquele "complicado" do alerta do irmão? Confesso que não perguntei por medo, ainda que não soubesse exatamente por quê. O medo que permaneceu em mim, sempre que penso em Tico, é o da raiva que seu rosto anunciava. Fomos descendo a rua a pé, aos poucos fazendo a transição do bairro para a zona do prostíbulo e de lá para o centro da cidade, onde eu morava. Conforme passávamos, sentia todos os olhares em mim. Foi a primeira vez que não me senti invisível e, apesar disso, me senti ainda menor.

Ao chegar em casa, Tico quis subir ao apartamento e conhecer minha mãe. Com mais medo de contrariá-lo do que de despertar o controle materno, concordei.

Minha mãe estava lavando a louça. Fez uma cara confusa quando Tico pediu licença, entrou e disse:

— Oi, prazer, eu sou o Tico. Namorado da sua filha.

O Namoro

Tico nunca me pediu em namoro. Somente avisou, não a mim, mas a quem era de direito, deixando bem claro quem é que mandava ali. Não houve celebração, nem festa além daquela formalidade besta de se apresentar, dar nome ao que acabava de começar. Eu não me importava. Estava em êxtase — primeiro porque aquela cena significava que ele havia "perdoado" a minha incursão desavisada ao banheiro, a troca de palavras com o irmão que estranhamente me fazia sentir culpada. Eu deveria ter falado que ia ao banheiro, não devia? Talvez pedir que ele me acompanhasse? Ou ignorar o irmão que claramente queria fazer uma intriga, bêbado talvez, invejoso da namorada nova do caçula? Toda a insegurança que se desenrolava em meus pensamentos se desfez naquele momento em que ele oficializou o namoro diante da autoridade maior: minha mãe.

Tico não ficou tempo o suficiente para que ela o conhecesse, mas foi convidado a voltar, cumprir com as formalidades de um namoro de menina de boa família. Conhecer parentes, ir à missa, comparecer a algum almoço de domingo, passar uma tarde agradável em silêncio, vendo um programa de televisão. Para mim, tudo novo e excitante apesar da vigilância redobrada e das novas regras que a situação acabara de impor. Para ele, casa limpa, comida boa e quentinha no prato, que se podia repetir. Sobremesa, café. Paz.

Mas o namoro foi tudo, menos pacífico. Se eu tivesse visto além da beleza daquelas covinhas, naquele primeiro dia em que ele decidiu ser meu namorado após a cena em sua casa, se eu tivesse prestado atenção nos sinais, talvez essa história nem existisse. Mas Tico era uma bomba-relógio e eu estava na linha de frente para receber os estilhaços.

Começamos a sair, com horário marcado para voltar, eu com roupas feitas sob medida na costureira da Vila, formais demais para a minha idade, Tico com bermudas e óculos de surfista. Por mais estranho que possa parecer, representávamos um casal típico da nossa geração — a menina arrumada demais, o rapaz arrumado de menos. Um clássico do interior.

Tico passou a decidir os caminhos e os planos para nós dois, apesar da clara diferença de poder aquisitivo e interesses pessoais. Enquanto eu gostava de cinema, livros e cultura clássica, ele era pagode, capoeira e malandragem. Me agarrava nos cantos escuros da cidade até me fazer querer o que ele queria: sexo às escondidas, no meio da cidade. Sair sem pagar dos bares, visitas clandestinas a hotéis de reputação duvidosa, daqueles que não pedem documentação a menores de idade. Drogas e cigarros em banheiros de lugares onde tudo isso era proibido. Mentir, mentir, mentir.

Mas o importante era que eu chegava em casa com a roupa limpa, elegante no terninho de cor azul ou cinza que a costureira tinha feito, com maquiagem retocada e um hálito inquestionável de menina de boa família. Pontualmente às 11 da noite.

Durante o dia, um encontro furtivo, ou na minha escola ou no trabalho dele, visitas obrigatórias que eu creditava à paixão, mas que tinham certa aura de controle. Era ele a minha pessoa preferida, por que eu deveria querer encontrar mais alguém? Começamos a estudar juntos, na minha casa ou em alguma biblioteca da cidade, para compartilhar mais horas um com o outro.

Estranhamente, nunca mais vi os irmãos dele e passamos a frequentar outros parentes de Tico: uma procissão de tias conservadoras, completamente alheias ao mundo lá fora, cujos temas preferidos eram culinária, religião e jogos de cartas. Ir às suas casas era como fazer uma viagem aos anos 1950: excessivamente ordenadas, tinham cheiro de bolo e café em qualquer momento do dia e eram minuciosamente decoradas com patchwork, crochê e imagens de santos. Amor e rigor. Para Tico, aquelas tias alienadas e doces eram uma nesga da vida que ele poderia ter tido se não tivesse perdido os pais. Mas ali, naquele ambiente tão sereno, também havia uma mensagem subliminar: era preciso se precaver do mundo.

Aos poucos, fui deixando de ver Manuela.

— Essa menina é uma má influência, só quer saber de homem, condenava Tico.

Perdi a correspondência com Clara.

— Eu não entendo por que você ainda fala com a amiga do seu ex — questionava.

Passei a faltar mais na escola.

— Tenho certeza que tem colega e professor te dando mole — deduzia.

E sempre terminava com um:

— É pra te proteger, preta.

Eu concordava com tudo e creditava seu zelo à vivência que Tico tinha do mundo. Ele sabia de um irmão que abusou da irmã, homens que fingiam serem gays para verem as amigas nuas, mulheres enganadas por professores, pais, tios. Era um universo de horrores, o que Tico contava. Ainda que eu não tivesse medo, passei a acreditar que era vulnerável àquele mundo cão, e que apenas tinha a sorte de não ser bonita o suficiente para não chamar a atenção dos lobos. Até minha mãe, a referência de controle e medo do escrutínio público, passou a parecer mais humana, inocente, diante das ameaças do mundo de Tico.

Amedrontada, diminuí o máximo possível minhas incursões ao mundo sem ele. Manuela chegou a me procurar algumas vezes. Preocupada, queria que voltássemos a nos ver de vez em quando.

— Vamos ver um filme em sua casa, tomar uma cervejinha ou fumar um cigarro de menta como antes?, insistia, por mensagem ou pelo telefone.

— Ai, Manu, eu estou sempre tão ocupada com o Tico. E chegando perto do vestibular, né, você já sabe, meu tempo livre é só para estudar, mentia, sem ter muito jeito nem coragem para me explicar.

— Amiga...

— Oi.

— Tá tudo bem com você e o Tico? — senti uma pontada.

— Claro que sim. Por que não estaria?

— É ele que está dizendo para você não me ver?

— Claro que não, Manu. Que ideia! — me irritei, inventando uma desculpa para desligar logo.

A partir desse dia, passei a ignorar suas chamadas.

Asas

Eu sabia muito pouco da vida para compreender o que estava por trás das palavras e atitudes de Tico. E conhecia ainda menos a mim mesma para entender o que isso causaria em mim, a menina que até então via o mundo do banco de carona das Giulias, Claras, Eduardos, Manuelas, Ticos. Mas havia chegado o momento de começar a fazer escolhas, minhas, adultas e difíceis. A escola já não era tão exigente com horários e notas, e eu já podia antever a universidade no final do ano. Um mundo de jovens livres, em que eu iria estudar só o que eu gostasse, festas e amigos novos. Jurava para mim mesma que poderia começar de novo, desenhar uma personalidade para aquele novo ambiente, quem sabe ali poderia ser bonita? Na sala de aula, começava a observar a atitude das meninas atraentes, aquelas que se sentavam à frente de todos, vestiam as roupas que queriam e não tinham vergonha de falar. Sem nenhum receio de serem vistas.

Eu havia chegado a um pico de introversão que me fazia ter ataques de pânico nas aulas: cismava que me julgavam pelo meu cabelo mal arrumado, por uma suposta mancha de suor ou marcas de celulite. Saía da escola no meio da manhã e voltava para casa, nervosa por não conseguir pensar nada além de: feia, feia, feia. Molesta, incômoda, malcheirosa. Chata, desinteressante.

Só me acalmava ao lado de Tico, que não me julgava, me amava de verdade e que me protegia ao lembrar-me que o resto das pessoas, elas sim, eram más. Eu era linda à minha maneira, ele me dizia. A beleza deslumbrante, brilhante, solar, não era para mim, era bom lembrar.

Tanta aflição, e tanta contradição, só fizeram crescer o amor, e a dependência de Tico. Também me causava uma vontade incontrolável de saber o que seria o mundo sem ele, sem precisar dessa validação constante, de querer ser admirada tão somente com os óculos do amor.

E se houvesse desejo também?

Tico me dava muito, mas queria mais.

Queria meus pensamentos, amor, olhos e sexo, só para ele, e eu estava convencida de que podia lhe dar tudo isso e também meus sonhos, desejos, futuro. Planejávamos nossa vida inteira em amassos noturnos. Durante o dia, em uma época em que tudo nos sobrava (libido, juventude, tempo), menos o dinheiro, visitávamos apartamentos vazios que estavam para alugar apenas para termos nossos 15 minutos de sexo com alguma privacidade. Ali, de pé, entre paredes empoeiradas, no eco de cozinhas despovoadas, fazíamos juras de que éramos apenas nós dois contra o mundo cruel.

Só não sabíamos que o outro queria mais e que o amor não matava essa fome toda.

Mila

Eu odiava Mila. Ela tinha o corpo perfeito, cabelos cor de mel ondeando até a cintura, olhos negros de cílios longos e fartos. Se movia como uma gazela, com a segurança e a graça de quem jamais se preocupou com o olhar alheio. Pele perfeita, uma voz aveludada, estilo sem esforço. Era uma das meninas da escola que se sentavam na fila da frente, faziam muitas perguntas e não deixavam o professor terminar a classe pontualmente. Mila era uma distração, um incômodo.

Muito rápido, eu percebi que parte do meu ódio era inveja, que logo se tornou admiração e curiosidade para conhecê-la. Ela era da roça, como eu, uma outra vila vizinha à minha, com as mesmas características: católica e conservadora, insignificante. Viveu na fazenda entre cavalos, perdeu a virgindade em um galpão sem luz, cresceu cercada de cuidados, mas sabia escapar quando queria, bicho do mato que era. Mas na cidade, Mila morava sozinha, estudava e trabalhava, ganhava um dinheirinho e tinha um namorado lindíssimo. Também tinha pais ex-hippies, que me causavam assombro porque a deixavam fazer tudo o que queria. Era livre, livre.

Fomos nos aproximando aos poucos, primeiro porque tínhamos interesses parecidos. Gostávamos de escrever, de História, de yoga. Fomos amadurecendo as conversas até chegar a homens e sexo, e Mila me revelava cada dia um pouquinho mais. Ela dormia em casa com o namorado, fumava maconha em casa, transava todos os dias (que luxo!) e ainda tinha suas aventuras por fora, sem que o parceiro soubesse. Eu a julgava silenciosamente, sempre com uma mescla de repressão e encantamento.

Tornou-se minha amiga, a despeito de Tico, que nada sabia dos segredos que ela compartilhava comigo. Acostumada aos seus arroubos ciumentos e de sua desconfiança, eu sabia que ele jamais poderia descobrir detalhes dessa amizade, que estimulava a minha vontade de alargar asas. Afinal, para sobreviver a Tico, eu também tinha que mentir para ele.

Mila me achava linda. Olhando para trás, vejo que havia ali algum tipo de tensão sexual mascarada. Nunca houve vontade física, mas uma necessidade incontrolável de nos tocar constantemente; abraços, carícias nos cabelos, beijos na bochecha. Palavras bonitas e declarações de amor. Assim era, e é, Mila. Eu jamais tive amigas assim, e nunca fui a mais carinhosa das meninas, mas, com ela, sempre foi assim. Saí do estranhamento ao desfrute e assim construímos nossa amizade, com amor e afagos.

Mila era um álibi perfeito para Tico, porque ela era da minha classe e tinha objetivos parecidos com os meus. Estudar com ela, em sua casa, era passar tardes perdidas, fumando maconha e conversando, trocando experiências e vontades, enquanto Tico trabalhava. Sonhávamos com a Universidade. Nossos futuros cursos eram em edifícios vizinhos e os próximos quatro, cinco anos, seriam juntas.

Ao procurar saber o resultado do vestibular, busquei primeiro pelo nome de Tico. Parecia amor, mas tinha medo de ser melhor que ele, chateá-lo. Fomos aprovados, todos. Eu, Tico, Mila. Tive uma diarreia violenta assim que soube da notícia.

A Universidade

Na universidade, Tico tinha menos controle sobre mim, ainda que os prédios fossem próximos. Tentávamos nos encontrar nos intervalos, o que transtornou um pouco a minha agenda e minha vida social. Quase não consegui me dedicar às novas amizades, aos colegas de classe, porque a cada pausa tinha que correr para vê-lo. Almoçávamos sempre juntos no refeitório comum, em um ritual diário que me parecia intencional. Ele me acompanhava, protetor, ao mesmo tempo me exibindo em público e me privando de estar com qualquer outra pessoa. Me levava à porta da classe, cavalheiro, dando-me beijos fogosos em público e fechando a cara para quem olhasse demais — para mim, para ele, para nós.

Eu mal tinha tempo para meus próprios colegas de classe e para Mila, que estava no prédio ao lado. Sem que Tico soubesse, eu fugia sempre que podia para vê-la, conhecer um pouco do seu mundo, que sempre parecia mais ensolarado. O edifício da Faculdade de Direito, as salas, os colegas de Mila pareciam melhores, mais nutridos e bem-vestidos. Chegavam de carro, usavam roupas de marcas, faziam festas descoladas, enquanto do nosso lado, no curso de Letras, a realidade era transporte público, moletons surrados e vaquinhas para sextas-feiras improvisadas. O que me sobrava de dinheiro era para cinema, comida e programas com Tico. Só com ele.

— Meu bem, você precisa ter vida social. Eu gosto de homem, mas essa sua relação com o Tico é grudenta demais, provocava Mila.

— Ah, que bobagem. Eu gosto dele e a gente se diverte juntos.

— Mas por que vocês não se misturam com o resto das pessoas? Você nunca pode fazer nada comigo.

Eu não tinha resposta. Eu queria, desesperadamente até, passar tempo com Mila, com meus colegas de faculdade, rever Manuela. Mas escondia a existência e a importância de todos para agradar Tico. Também para economizar dinheiro, e esse era meu melhor álibi. Passei a pegar caronas com Mila, e íamos conversando no caminho, trocando ideias e sonhos. Mila plantou em mim uma curiosidade enorme sobre o mundo. Estudávamos inglês juntas, na mesma classe noturna, e começamos a compartilhar essa fome de viver outras coisas.

— Um dia a gente vai viajar para a Inglaterra, conhecer homens lindos e elegantes e conquistá-los com nosso sotaque matador, previa Mila, com sua voz lenta e pastosa de quem fumava maconha demais.

Eu ria, ria. Morria de vontade de corresponder aos sonhos de Mila, mas com pânico de sequer pensar em outros homens, tendo Tico.

Conforme meu namorado via meu mundo se expandir, ele tentava reduzi-lo com sua mescla de sedução, proteção e ciúme. Eu o amava, assim como sua obsessão apaixonada por mim, a admiração infinita que tinha sobre meu corpo, sua sede insaciável por sexo, mesmo que eu não tivesse vontade, imagina só um homem me querer o tempo todo. Só podia ser bom. Eu me deixava dominar, porque queria viver tudo aquilo, porque era a primeira vez que era amada e, quando estávamos juntos, aquele mundo era só nosso. Só que não podia durar.

Um dia, enquanto Tico trabalhava, Mila me deu carona e me convidou a passar rapidamente na casa de uns amigos seus.

Tive pânico e vontade na mesma medida.

— Ai, menina, vamos lá, você não é uma prisioneira — soltou, direta.

Fui porque queria provar o contrário e porque o convite para conhecer um pouco da vida de gazela solta de Mila era irresistível.

Conheci gente como eu, com vontades e sonhos e asas, e Miguel estava ali.

Miguel era pálido, tinha olheiras fundas e lábios grossos. Parecia um herói romântico, com um violão nas mãos, cantando baladas tristes. Miguel me confundiu porque me atraiu, e até então eu jamais havia sentido que era possível amar mais de um, ainda que eu nem soubesse que aquilo não era amor.

Mas, sem fazer nada, Miguel semeou o tesão, e ali estava eu, desejando aquela boca tão grossa quanto sua voz.

Mila se foi e fiquei sozinha com Miguel, até que ele me levasse para casa. Pedi um beijo pela primeira vez na vida e ganhei, mais por pena do que por vontade.

Mais do que esse beijo, Miguel me deu um novo conceito de amor.

Saí do carro na escuridão de uma rua paralela à minha casa, com medo de ser vista e sem me despedir.

Vi Miguel muitas vezes depois disso, na Universidade ou caminhando pela ruas da cidade, que era pequena o suficiente para permitir esses encontros. Sentia tesão e nojo na mesma medida, mas sempre fingi que não o conhecia.

Depois de Miguel, vieram Carlos, Jorge, Armando. E outros que talvez duraram uma noite, uma hora, um beijo furtivo, uma mentira breve. Eu amava Tico como antes e a força do seu ciúme me alimentava e feria — apesar de estar certo em suas desconfianças, os alvos eram sempre os errados. Na ânsia de testar o interesse do outro, atrair olhares, brincar com desejos, eu buscava os despistados, os tímidos, os invisíveis como eu. Era divertido.

Enquanto isso, eu e Tico fazíamos planos que eu sabia que não iriam adiante. Casamento, filhos, casa, viagem ao exterior, aventuras mil. Me iludia pensando que aquela sucessão de homens, todos desapaixonados ou vítimas de estratagemas elaborados de conquista, eram impulsos bobos de menina. Eu me emendaria quando as coisas ficassem sérias. Mesmo sem atrativos óbvios, eu tinha a juventude ao meu lado e a inocência de que tudo ficaria bem se me entregasse de verdade ao amor. E juro que me entreguei o máximo que podia, mas ainda assim sobrava amor para todos os lados.

Ou pelo menos, o que eu percebia como amor.

Mila sabia de todos, e de tudo. Não somente nunca me julgou, como desfrutava os capítulos de minhas novelas, os arrebatamentos de tesão, a variedade de tipos e desculpas mirabolantes que contava para justificar minhas aventuras. Eu, sem culpa nem juízo, aproveitava a emoção que cada história me dava, a autoconfiança de me saber fêmea, o fato de conseguir seduzir mesmo não sendo bonita.

Desses casos, corpos nos quais eu buscava algo sem nome, nunca arranquei uma palavra, um reconhecimento de que poderia estar equivocada na minha insignificância. Seguia buscando por qualquer sinal de que, aos olhos deste ou daquele, eu era bela. Na verdade, o que eles encontravam em mim era outra coisa: intensidade, imprudência e diversão. Um olhar curioso sobre o mundo, um gritinho feliz sempre que encontrava um pau bonito. Eles gostavam de me ver gostar.

Os dias seguintes a esses encontros eram horríveis. A culpa católica, o pavor de ter pegado alguma doença, de alguém ter me visto, do meu corpo e minha alma terem se sujado com toda essa volúpia.

Passei a ter crises de ansiedade, cachoeiras de suor mesmo no pior dos invernos, dores de cabeça inesperadas, cólicas mortais, distorções no espelho. Eu era eu e muitas, personagens em camadas para acomodar todo o desejo que eu carregava, mentiras e histórias em sucessão para que ninguém soubesse que ali dentro havia uma menina descabelada e sozinha, de costas para o mar. Ou uma adolescente com pelos demais, ou apenas: Aracy de Almeida, é você?

Havia humor e intensidade para uns, havia uma jovem fiel e doce para Tico & tias, uma futura mãe e mulher casada para quem ficou na Vila. Cabia todo mundo em mim, menos eu mesma.

Ninguém poderia saber.

De certa forma, eu estava vivendo a profecia autorrealizável da qual tentei escapar, a de que os outros não podiam descobrir quem eu realmente era. O medo de se revelar imperfeita, essa herança da mãe e da Vila que nunca me abandonou.

Foi triste não ser eu.

Vivi tanto em negação que deixei de querer Tico e o amor.

Tico me esperava na saída da aula, postura altiva com seus livros na mão, jamais na mochila. Ele era orgulhoso demais para se deixar ver de mochila. Como um bom guarda-costas, estava sempre sério e atento ao movimento dos corredores. Bedel de olhares.

Era uma manhã ressacada, sobrevivente de uma discussão daquelas que eu sempre cedia. Em uma festa, evento ou reunião social: você está olhando para alguém?, disparava Tico, sempre que eu começava a me divertir em qualquer lugar.

Talvez. Talvez eu estivesse olhando para alguém. Mas me contentava em baixar o olhar, responder um "não" tímido, e parar de fazer qualquer coisa que eu estivesse fazendo antes de ser repreendida.

Dado o meu histórico, essas vidas múltiplas que eu levava, eu nunca tive certeza de que estivesse ou não olhando. Na maioria das vezes, estava segura da minha discrição, do limite autoimposto de jamais buscar olhares com Tico ao lado.

Mas ele via, tinha suas desconfianças e fantasmas, suas sombras guiadas pelo medo de me perder, de se ver sozinho de novo.

Na porta da aula, olhei nos olhos do meu namorado, e não senti nada. Nem alegria, nem raiva ou mágoa, apenas um imenso indesejar. Mas só consegui terminar com Tico dois anos depois desse dia.

O Término

Tempo de idas e voltas, um tempo difícil, quando o amor já não está, mas sobra todo o resto: empatia, carinho e medo, principalmente medo, o que vai ser de mim, meu Deus?

Como deixar ir um amor, o único amor talvez, um homem que era sábio de todos os males ali fora? Tico trabalhava, eu trabalhava, éramos jovens promissores, avançados em nossos estudos, buscando maneiras de colocar-se no mercado, um mundo inteiro de possibilidades abrindo-se conforme chegava ao fim da faculdade. Ali existia um futuro.

Mas havia uma ânsia de voar. Asas.

Meus últimos dias com Tico foram patéticos, agonizantes na tentativa de resgatar alguma coisa que estava morta há tanto tempo. Talvez desde o princípio, com a tentativa de me afastar do mundo. Dos olhares.

Não foi um corte limpo. Tivemos recaídas tristes e mornas, relembrando-nos de que já não seríamos o que fomos. Terminamos e voltamos incontáveis vezes. Não funcionou.

Nessas idas e vindas, conheci mais Brunos, e Rodrigos, e Tiagos. Buscava barreiras para serem quebradas. No ambiente de trabalho, a sala contígua, o elevador, o andar deserto do edifício novo. Todos os lugares eram igualmente exploráveis e perigosos. Perigoso era o amante da vez parar o carro em frente à minha casa, de madrugada, para que pudesse compartilhar momentos insones comigo enquanto o resto do mundo — a mãe, Tico — dormia.

Essas aventuras foram os últimos golpes na minha ilusão de amor. Saía suada e saciada, elétrica, mas angustiada pela realidade que se impunha após cada encontro.

Tico sentiu raiva. Embebedou-se, saiu pelas festas, mulherengo, impulsivo. Chorou e xingou. Viajou para longe, arrumou brigas com pessoas aleatórias. Ligou para mim até a impossibilidade, para então deixar muitas, muitas mensagens violentas. Chamou-me de puta. Não me ofendi. Fazia sentido.

Deixou de fazer sentido muito tempo depois, mas Tico me deixou uma marca que ainda me acompanha. A "puta", a mulher que quer outro, que ousa desejar.

Deixei que tivesse razão porque meu mundo, a mãe, a Vila, certamente pensariam igual se soubessem, e demorou muitos anos, décadas, para que eu conseguisse ver outra marca que Tico havia deixado. O trauma de ser vítima de um homem que quer controlar o olhar, a mente e o corpo de uma mulher.

Sem Tico, só pude sentir alívio e pena. Já maior de idade, com um pé já fora da faculdade, trabalhando e livre de um amor-prisão. Sentia falta de um corpo conhecido, das palavras e gestos românticos que me faziam sentir adequada para alguém. Saudade de sexo fácil, de mãos que sabiam o que fazer, da sedução brincalhona de casal apaixonado.

Sem convicção, busquei nos outros o que sabia que não iria ter. Continuei com minhas aventuras eventuais, mas adotando diferentes personagens: ousada para os tímidos, inocente para os maduros, intelectual para os incultos.

Fisicamente longe de mim, Tico tornou-se onipresente. Mensagens, cartas, tantas quanto possíveis. Ligações insistentes que eu nunca atendia porque já sabia o que ouviria: puta, puta — sua voz ressoava em qualquer lugar, até dentro de mim. Às vezes, se desesperava ao imaginar todo o tipo de coisa, e dizia coisas como: se você estiver grávida de outro, eu assumo, ou: você pode transar com outros homens, eu quero ver você transando com outros homens. Era patético vê-lo tentar de tudo.

Tico seguia-me sorrateiramente, madrugava na porta do meu prédio para me ver chegar acompanhada, olhava-me à distância na universidade. Sem ter seu projeto de mulher, dócil e discreta, ele se tornou insuportável. Tanta vigilância me sufocou ainda mais do que quando estávamos juntos.

O trabalho, a faculdade, os amigos, até Mila. Todo o meu frágil pertencimento se perdeu. A cidade era de Tico, e com Tico ficaria. Com o fim do nosso amor, também se acabava esse capítulo.

Fuga

Arrumei as malas. Não sabia exatamente o que fazer, além de tentar chegar o mais longe possível com o que tinha, que não era muito. Por sorte, convicção ou conveniência, minha mãe acreditava em mim, e nos meus argumentos para sair dali. Houve surpresa, é claro, mas também um pouco de alívio. A mãe nunca aprovou Tico, não completamente, mas sabia dessa atração irresistível dos adolescentes pela proibição, e jogou o jogo tão bem quanto pôde. Testemunha da primeira paixão, do meu encarceramento voluntário, do meu definhamento social autoimposto para evitar chateá-lo, de sua onipresença em casa, no telefone, na vida, ela secretamente se alegrou com o fim. Poderia ser pior: gravidez, um casamento desfeito. Mas foi "só" um namoro desafortunado, como tantos por aí.

— Você tem certeza?, perguntou a mãe, os olhos cheios de lágrimas, as mãos frias acariciando as minhas.

— Não tenho não, mãe. Mas preciso fazer isso.

— Então vai. Você é adulta, eu não posso te segurar aqui, ela disse e fechou os olhos, evitando me encarar enquanto se dava conta de que o seu trabalho estava feito.

A mãe não tinha mais ninguém, e a iminência de perder a única filha para a metrópole, movida por uma fuga despropositada de um amor falido, fez com que todo o seu mundo se removesse.

Possivelmente ela se decepcionou por eu não ter seguido aquele caminho tão sonhado, traçado por ela para mim: casamento, filhos, trabalho digno na Vila, submissão e recato.

Por isso, não era só Tico que eu abandonava. Era também a mãe, uma cidade hostil que eu sempre detestei, uma cultura e um mundo que restringia minhas possibilidades.

Com a mala pronta, e a aceitação da mãe, faltava o principal: onde? com que dinheiro? Sempre me faltaram os planos, mas me sobrava a sorte, o acaso de gente amável me abrindo portas. O universo se moveu: uma providencial demissão do trabalho, seguida de uma proposta para ir para a metrópole. Eu nunca havia sequer pisado lá.

Não quis saber das condições nem das questões práticas. Tomei o ônibus naquela mesma tarde, deixando abobalhados Tico, a mãe, toda a cidade, para trás.

Fomos eu e Mila, sentada no assento ao meu lado.

A Metrópole

O ônibus chegou em uma madrugada fria, na rodoviária de uma metrópole com a qual eu jamais havia sonhado. Éramos só eu, Mila e nossas malas pesadas e definitivas de quem sabia que não podia voltar. Naquela imensidão de possibilidades, Mila tinha mais chances do que eu: vivida e independente, confiava no turbilhão da vida, que a tinha levado até ali. Além disso, Mila tinha pouso, a casa de amigos de faculdade que haviam chegado há pouco tempo.

Com um pouco de dinheiro poupado da rescisão, paguei uma semana em um hotelzinho no centro para ganhar tempo, achar trabalho e um lugar permanente.

Meu quarto tinha vista para a praça da frente, em uma zona desgastada e suja. Ao escolher o centro, eu só pensava em estar perto de tudo, usar o metrô com tranquilidade, enquanto tentava me encontrar.

Pela janela, vi um mendigo fazendo cocô na rua, enquanto lia um jornal do dia. Terminou, limpou-se com as notícias, soltou o papel no chão e foi caminhando em direção à praça.

Foi a minha primeira impressão da metrópole.

No dia seguinte, saí sem rumo, com a intenção de comprar duas blusas de frio. Eu só conseguia me sentir desabrigada nesse lugar tão estrangeiro, mas a emoção de estar sozinha, finalmente sozinha pela primeira vez, me movia e excitava.

Caminhei horas, no meio do barulho intenso e do cheiro de fumaça, sem sequer notar o quanto tudo era feio. A enormidade de tudo me abria um mundo novo: a chance de que eu pudesse ser quem eu quisesse.

Acostumada a nunca ser olhada, não me deixei ferir pela minha invisibilidade óbvia no meio da multidão. Em vez disso, me encontrei: éramos tantos, iguais, unidos no anonimato.

Confesso que adorei. Tremia de frio e medo, ignorante do que aconteceria no dia seguinte e no resto da minha vida. Mila viveria longe, em um bairro popular na zona metropolitana. Teria sua própria vida, amigos, amores, embora seguíssemos conectadas. Mas eu estava no centro do mundo. Finalmente solta, sem olhos vigilantes ao meu redor.

No mesmo dia, graças à indicação de uma ex-colega de faculdade, comecei como professora de inglês em uma escola chique, que oferecia cursos personalizados para empresas. Passaria meus dias atravessando zonas burguesas e boêmias, indo de um escritório para o outro, desbravando a parte rica da metrópole.

À noite, voltaria para meu hotelzinho simples que — agora eu sabia — estava a duas ruas da zona de prostituição. Caminhava por ali, à noitinha, sem consciência dos perigos óbvios da metrópole. Por sorte ou destino, nunca me aconteceu nada.

Renovei a hospedagem até conseguir um minúsculo apartamento em uma área afastada do centro, mas um pouco mais perto do trabalho.

Ganharia pouco, dormiria meses em um colchão emprestado em um quarto gelado e sem móveis.

Ao recolher as chaves, logo depois de receber o primeiro salário, chorei de felicidade.

Quando contei ao meu pai que tinha ido viver na metrópole, semanas depois de desaparecer, ele me respondeu laconicamente: cuidado, menina. Esse lugar engole as pessoas. Nunca saberei se a intenção foi de alerta ou susto, mas era exatamente isso o que eu queria: ser digerida em uma multidão disforme e sem rosto, onde a falta de beleza, ou minha presença tímida, jamais fosse um problema. Onde não ser olhada fosse normal.

Estranhamente, o lugar se mostrou o mais seguro do mundo. Ali estaria protegida da vigilância de Tico. Das línguas maldosas da Vila: "o que as pessoas vão falar?". A metrópole podia ser monstruosa e assustadora, mas já era o meu lugar.

Foi fácil conhecer gente. Entre colegas de trabalho e alguns alunos, fui descobrindo que havia muitos de nós que pensávamos diferente da massa monótona da cidade, da vergonha puritana da Vila. Fiquei fascinada ao descobrir as tribos, e quis conhecer todas, até mesmo as que não me pertenciam.

Mila se mantinha como meu porto seguro, o lugar para onde eu escapava quando queria colo, raiz, alguém que me conhecia de verdade.

Após o término com Tico, me dei conta de que não sabia o que era meu, ou o que veio como herança de uma relação em que ele escolhia tudo. Era preciso experimentar outras vidas, para então saber o que me dava prazer. Até o próprio conceito de prazer eu precisava redefinir: é sentir desejo? É chorar de alívio e pena quando me via sozinha? É beber até esquecer de onde eu vim?

Comecei a sair com cada vez mais frequência. Aceitava todos os convites, estava em todos os happy hours, festas, jantares. Eu vivia em um bairro simples, tinha poucas coisas, comia barato, sempre macarrão com legumes, eventualmente algum ovo, molho de tomate, pão e frutas. Acabava sobrando para a cerveja. Tinha que sobrar para a cerveja.

Beber era fácil. Anestesiava o suficiente para não precisar pensar sobre o que eu vivi, o que estava vivendo. Os primeiros meses na metrópole foram automáticos, viscerais: eu levava meu corpo a todas as partes, trabalhava muito, comia pouco, saía à noite para beber, quase não dormia. Usava as drogas que estivessem disponíveis. Precisava usar os sentidos, de preferência todos de uma vez, evitando enfrentar o que estava diante de mim. Aquela imensa dor de não saber o que se é.

Foram muitas as manhãs em que acordei sem roupa, sozinha, de ressaca, sem saber como havia chegado ao meu apartamento. Me surpreendia ao ver as roupas jogadas no caminho até o quarto, enquanto tentava refazer os passos da noite anterior, sem sucesso. Às vezes, conseguia pistas com amigos ou conhecidos, que me contavam de um bar, uma carona, alguma situação engraçada ou um flerte eventual. Mas no fim da noite, ou no começo da manhã, eu invariavelmente acordava sozinha.

Das duas uma: ou eu escolhia os lugares errados, ou a metrópole não era terra fértil para paquerar.

De qualquer forma, eu não queria namorar. Tinha aversão ao controle e ao ciúme que aprendera com Tico, e que ainda me feriam tanto. Doía fisicamente, quando estava tão desesperada por sexo que considerava ligar para ele, ouvir uma voz que ainda me desejasse; quando a inveja me invadia ao ver um casal de jovens se beijando apaixonadamente; quando me dava conta da minha solidão camuflada em uma vida tão intensa. Comecei a sentir pena de mim mesma, da minha incapacidade de entender o que tinha acontecido.

Minha juventude e insegurança não me ajudavam a descobrir o que é que eu queria para mim. Minha vida, meu corpo, meus planos — mas como é que eu ia saber?

Eu ainda estava obcecada por ser querida, e isso me deixava aberta e frágil a qualquer pessoa que cruzasse o meu caminho. Até que o acaso fez com que fosse Pedro.

Pedro

Conheci Pedro, um colega de trabalho, no terceiro mês que estava na metrópole. As ligações de Tico se escasseavam, e o medo de ficar sozinha havia atingido o seu auge. Eu passava as noites me tocando, pensando na solidão que ele havia, em algum momento, previsto para mim: nunca mais você vai achar ninguém que te ame como eu, era o que ele repetia quando nos separamos. Pronto. Era a profecia se realizando. Tico previu que o mundo era mau, que eu iria sofrer e jamais encontraria outro amor.

Mas eu continuava me apaixonando a cada cinco minutos, em uma virada de esquina, quando encontrava um olhar naqueles segundos breves que costumavam durar para mim.

Pedro se demorou um pouco mais. Ele era novo na escola em que eu trabalhava, branquinho, com os cabelos fartos e cacheados e óculos que lhe davam um ar intelectual, Pedro era tímido, mas engraçado, e suas tiradas sarcásticas me chamaram a atenção em primeiro lugar. Parou o olhar, durante o café, perguntou meu nome, quis saber mais de mim e do meu sotaque. Me aproximei pensando que poderia ser um amigo, mais um, na interminável sequência de encontros casuais que a minha vida tinha se tornado.

Pedro não saía nunca. Ele tinha uma namorada, ia direto do trabalho para casa, e o máximo que fazia era tomar um café na cantina da escola. Sua brincadeira preferida era rir do meu jeito de falar, tentar traduzir o vocabulário interiorano para o jargão da metrópole. Foi ensinando coisas novas e questionando coisas velhas que ele me conquistou.

— Aqui não se fala "sinal". É "semáforo" ou "farol". O que significa "arreda"? Na sua terra usam calças apertadas assim?

Eu respondia com risadas bobas na maior parte das vezes, ou tentava explicar que eu ainda estava aprendendo. Ao me ver constrangida, ele rebatia com elogios ao meu sotaque, ao meu jeito de me vestir, à minha desconexão com aquele mundo imenso e urbano, ao qual ele pertencia, mas detestava.

Pedro me conquistou por me ver, de novo, e dessa vez não só como um corpo moldado por calças justas, mas também pelo que eu falava, e como falava. Passamos a conversar o dia todo, com mensagens cada vez mais picantes no chat da empresa ou no celular. Não importava a hora, Pedro me deixava com tesão o dia inteiro. Chegava a doer. A gente não se tocava. Solenes, nos acompanhávamos nos intervalos, tomando café e conversando sobre amenidades, fingindo que não éramos as mesmas pessoas que se masturbavam em casa pensando um no outro. Eu nunca tomei a iniciativa para quebrar esse trato informal. Se Pedro era meu brinquedo platônico, eu deveria ser seu prazer envergonhado.

Mila sabia de tudo. Brincava com nosso tesão reprimido, meu medo de assumir esse desejo.

— Que tédio essa história. Parece romance de convento, ela revirava os olhos.

— Ele é fiel à namorada, Mila, eu nem tenho coragem de falar nada. Imagina se eu disser que estou gostando dele e estragar uma amizade tão bonita?, eu provocava, cínica.

— Amizade, sei. Isso vai dar em putaria.

E ríamos.

Até que um dia ele começou a me acompanhar até o ponto de ônibus, todos os dias, tocando minhas mãos displicentemente, como por acidente. E assim foi por muito tempo, até que, em um girar de esquinas, ele me beijou. Tímido, foi embora rápido ao ver que seu ônibus chegava.

No dia seguinte, e em quase todos depois desse, tínhamos nosso próprio ritual: caminhar juntos, traçando o caminho até o ponto, falando de todos os assuntos do mundo que não fossem nós mesmos. Ao chegar, nos beijávamos durante uns cinco minutos, ou o tempo suficiente para ônibus dele chegar e a namorada não desconfiar.

Não sentia ciúme porque nunca me achei digna, ou qualificada o suficiente para namorar Pedro, rico, culto, bonito. Ele era de um mundo muito maior que o meu. Aos poucos, fui me dando conta de que me sentia como Adriano, pequena e pobre, diante de um outro que tinha perspectivas tão maiores que as minhas de menina do interior. Pedro não tinha carro nem era esnobe, mas revelava aos poucos de onde tinha vindo e o que se esperava dele: nada mais que o melhor. Enquanto eu, sozinha no meu apartamento simples e pequeno, tentava chegar ao final do mês sem precisar atrasar nenhuma conta.

Meio envergonhado do seu privilégio, Pedro foi abrindo seus segredos de moleque urbano, suas músicas preferidas, o estilo blasé de se vestir com marcas que revelam o status sem ostentar, sua indiferença passiva diante das coisas que me encantavam na metrópole. Pedro reclamava e só queria sair de lá.

— Só estou com esse trabalho porque minha mãe quer que eu rale um pouco antes de passar no concurso que eu quero, justificava.

Era verdade. Pedro dava as aulas porque queria, e por isso mesmo só dava as aulas que queria, nos horários que lhe convinham. Estudava de manhã para ser juiz de direito e à tarde se divertia praticando o inglês perfeito, polido, de quando fez intercâmbio na Austrália.

Passamos a nos ver nos intervalos, quando saíamos clandestinamente para tomar café e aproveitávamos para nos beijar e nos tocar.

Até que um dia Pedro se convidou para ir à minha casa. A namorada estava viajando com os pais, e Pedro tinha o álibi perfeito para que ela não descobrisse a pulada de cerca: uma confraternização da empresa em um restaurante. Tínhamos poucas horas juntos, saímos do trabalho correndo para a minha casa, com uma excitação que eu não sentia desde Eduardo e os meus 15 anos.

Ao entrar em casa, Pedro esquadrinhou os 30 metros quadrados do apartamento com assombro e pena, mas não disse nada, ocupado demais em tirar a minha roupa o mais rápido possível. Transamos e transamos, incontáveis vezes, mais vezes que jamais imaginei que fosse capaz de transar, impressionada com a vivacidade daquele rapaz em seus 20 e poucos anos.

— Nossa, eu nunca vi uma mulher como você. Seu corpo é lindo, que sorriso maravilhoso, adoro esse sotaque.

Eu nunca tinha ouvido aquilo. Não tinha a maturidade para saber que, sim, ele pode dizer isso para todas, não houve ninguém para me alertar que os homens repetem essas frases sem sequer adaptar o conteúdo à audiência. Para mim, aquilo era verdadeiro e novo, e ecoava no meu coração como um "eu te amo". Palavras que Pedro nunca disse. Mas naquela noite fiz amor com ele, apaixonada e encantada que estava com o jovem incrível que decidiu compartilhar suas horas livres comigo, a Cinderela da roça.

Transamos até que a namorada ligou e Pedro se afastou, sóbrio e contido, para dizer que já estava a caminho de casa.

— Oi, amor! Olha, eu tô atrasado mesmo...tem muito trânsito hoje, disse, enquanto se debruçava pela janela para que o ruído da rua lá fora corroborasse a sua mentira.

Eu só olhava, já entendendo o que aquilo significava.

— Não, amor, imagina! Como você pode pensar isso de mim? Eu te amo, tô morrendo de saudade! — gemia ele, com uma voz infantil e enjoada — Já já eu te ligo, ok? Prometo que te ligo do fixo de casa, porque aí você vai saber quando eu estiver em casa.

Desligou, me olhou meio sem jeito e vestiu as roupas o mais rápido que pôde. Me deu um beijo afobado e saiu.

Mais uma noite sozinha.

Limpei a casa como pude, catando camisinhas usadas por todos os lados, roupas jogadas, lençóis suados. Os espólios de uma noite intensa.

Não percebi que uma das camisinhas tinha ficado dentro de mim. Descobri por acaso, durante o banho, no dia seguinte.

Não tive coragem de contar por telefone.

— Tô preocupada — falei com os olhos baixos, na hora do café.

— O que houve?

— Achei uma camisinha dentro de mim. Sábado de manhã.

— O quê? Minha?, arregalou os olhos e abaixou a voz, verificando se estávamos sozinhos.

— Claro que é sua!, respondi, indignada, segurando as lágrimas.

Silêncio.

Pedro terminou o café sério, virou as costas e foi dar a próxima aula.

Entrei em pânico. Contei os dias para fazer um exame de gravidez que me desse alguma luz. Confesso que nem pensei em doença, porque estava tão apavorada com a possibilidade de uma gravidez, sozinha, na metrópole, que a mente se anuviou por completo.

Quando a menstruação atrasou cinco dias, fiz o exame. Positivo.

Liguei na hora para a casa de Pedro. Telefone fixo.

Pedro havia sumido da escola, pediu férias e desapareceu. Estávamos perto das festas de fim de ano, o que ajudou a dar um ar de normalidade no sumiço. Mas Pedro não atendia às minhas chamadas, nem respondia às mensagens que eu lhe enviava, explicando tudo o que eu estava passando.

Liguei para a sua casa por puro desespero, imaginando que em algum momento ele fosse atender. Mas era sempre uma mulher, sua mãe ou alguma empregada da casa. A namorada talvez? Nunca tive coragem de falar nada para nenhuma delas, e só desligava o telefone quando ouvia suas vozes.

Pedro se escafedeu e eu estava com um teste positivo na mão, nenhum dinheiro e sem saber o que fazer.

Liguei para Mila, soluçando, e pedi ajuda.

— Nossa, amiga, mas que azar, hein!, Mila disse, depois de uma longa baforada, enquanto me olhava, séria.

— Olha, Mila, eu nem sei o que dizer. Não foi irresponsabilidade minha...

— Pra mim você não precisa justificar nada — me interrompeu — vamos dar um jeito de resolver a situação.

Mila não parecia preocupada. Me perguntei se meu pânico era exagerado, ou se eu conseguiria de fato "resolver a situação" e como diabos a minha amiga parecia tão segura dos passos a seguir.

Não tive coragem de perguntar se já havia passado por isso.

Enquanto pensava, baforando seu cigarrinho de maconha, Mila fazia cafuné na minha cabeça baixa e envergonhada, me escutando chorar por um futuro que eu não teria. Sem palavras, levantou-se calmamente e ligou para Pedro.

Vendo o número dela, até então desconhecido, ele finalmente atendeu.

— Aqui é a amiga dela. O sotaque é o mesmo, tá vendo? Quero só te falar que vamos precisar de 10 mil pra te deixar em paz. Senão, temos o telefone da sua namorada, da mamãe e até da empresa do papai. Todo mundo vai ficar sabendo que você engravidou a coleguinha de trabalho.

Mila disse isso tudo de uma vez só e desligou, sem dar tempo para uma resposta. Eu olhava petrificada para ela. Como pôde? Sem me pedir? Nem perguntar? Saí da catatonia para avançar em Mila. Aos gritos, queria arranhar sua cara de pau, ela, que sabia tão bem o quanto eu amava Pedro, agora tinha acabado com qualquer chance de que a gente se acertasse. Eu me debatia e berrava. Mila se defendia com tranquilidade, segurando meus punhos enquanto tentava me abraçar.

— Amiga. Amiga. AMIGA. Acabou. Vamos pegar o dinheiro desse bosta, fazer esse aborto e recomeçar. Pronto!

— Mas eu amo o Pedro, Milaaa... você acabou com a minha vida!, eu urrava de dor e vergonha.

— Não existe mais o Pedro — acendeu mais um cigarro — é só mais um filho da puta que queria desaparecer no mundo deixando filho para trás.

Eu tinha certeza de que Pedro não faria isso. Ele era culto, sério e educado, mas não havia entendido muito bem o que tinha acontecido. Precisava de tempo para digerir, só isso. Para que ameaçar o menino? Mila parecia ler meus pensamentos. Aos poucos, sua tranquilidade foi dando lugar à pena. Com o cigarro de maconha em uma mão, e o meu rosto com a outra, me olhou e disse, séria:

— Você não tem tempo de esperar ele decidir se quer esse filho. Você está sozinha, sem grana, e está começando uma vida que vai ser incrível. Eu não vou deixar você se ferrar!, e soltou a fumaça pro lado.

Muito mais de dez palavras. Mila era um fenômeno. Dois dias depois, Pedro me mandou uma mensagem curta me pedindo o número da conta.

Amou-me durante quatro meses e dez mil reais.

E desapareceu.

Apaguei o aborto da minha memória. Me lembro só de Mila com duas pílulas na mão, seu toque frio, apesar do verão lá fora. A porta do banheiro sempre aberta, muito choro e dor. Sangue, sangue. Ducha, silêncio e um vazio.

Dormimos abraçadas a semana inteira.

Despertar

Durante meses, meus sonhos eram uma mistura bizarra de Pedro, sangue, sexo e mãos frias, suor e solidão. Eu mantinha as janelas escancaradas para que a metrópole entrasse no meu pequeno mundo, as quatro paredes apertadas onde só eu cabia, sozinha que para sempre eu seria (eu sabia).

Sem tempo para o luto, eu saía cada manhã sob o sol escaldante, andando rápido para acompanhar os passos da urbe, e só assim me sentia bem. O dia inteiro eram aulas, sorrisos e angústia até o momento em que eu me libertava e saía pela rua, sozinha e anônima. Alívio.

Apesar de Mila, e sua presença tão precisa, que se dava exatamente nos momentos em que eu realmente queria, eu tinha o impulso de mergulhar nesse vazio enorme da multidão.

Depois de algum tempo, comecei, aos poucos, a sair sozinha. Não havia muito critério. Em algumas noites eu me movia pela música, deixando-me levar pelos ouvidos e pelo corpo, na direção do som. Em outras, os olhos descobriam luzes novas, neons e fachadas, cores da cidade. Na maior parte das vezes, porém, meus pés faziam um trajeto desconhecido e torto, sem medo e com curiosidade de descobrir tudo aquilo que eu tinha me privado de ver na metrópole.

Assim fui parar em puteiros, onde fiz amigas e compartilhei piadas e dicas com as mulheres da noite, me surpreendi em festas clandestinas onde só eu desconhecia as regras da casa, dancei sozinha músicas que eu jamais ouvi nem ouviria de novo. Ia a museus, casas de shows e bares, seguindo a sorte e a vontade.

Terminava minhas noites sempre exausta, na porta do metrô esperando que ele começasse a rodar novamente, às cinco da manhã. Era a hora perfeita em que a metrópole acordava, e os trabalhadores se moviam como formiguinhas para começar o dia, enquanto eu observava meu cansaço, as horas, os movimentos tão coordenados dos humanos. O sol nascia e as luzes se apagavam, e nesse intervalo eu era visível e invisível. Estava fora e dentro. E era sublime.

Cortei o cabelo tão curto que senti vergonha nos primeiros dias. Vi os cachos caindo com uma emoção nova, redescobrindo o meu rosto. O pescoço e a nuca desnudos me presentearam com ousadia e liberdade, mas também com uma nova identidade. Eu assumia a invisibilidade todinha, sem me importar com o que os outros, sobretudo os homens, a mãe, as fofoqueiras da Vila, iriam pensar. Eu nunca havia prestado muita atenção nas mulheres de cabelo curto. Na Vila, elas praticamente não existiam. Na cidade, a maioria tinha mais de 60 anos, revelando um entendimento comum de que aquela era a idade de se aquietar, de deixar de ser mulher.

Mas havia uma personagem, uma memória da minha infância com Giulia, que ficou dentro de mim todos esses anos, sem que eu sequer percebesse. Uma mulher.

Stela

Ela era incômoda. Falava alto, fumava e era solteira, mesmo depois dos 30. Era muito magra, e usava saias curtas, roupas coloridas, botas militares que quebravam a monotonia perfeita da Vila. Bebia uísque, usava muita maquiagem e tinha até mesmo um par de tatuagens. Mas o que chamava atenção mesmo era o cabelo. Tão curto quanto o de um homem, loiro platinado, com as pontas sempre despenteadas. Stela parecia uma punk. Gostava de sair e estava em todas as festas da Vila, fumando como uma chaminé, beijando algum desavisado em público, uma balzaquiana, veja só.

É uma doida, diziam a mãe, a avó e as tias.

Eu tinha medo de Stela. Provavelmente ela nunca soube de minha existência, menina doce e obediente que era, seguindo cegamente os passos de Giulia, ela sim uma estrela.

Mas Stela também brilhava, só que a seu modo. Não chamava a atenção particularmente pela beleza, mas pelo ruído que causava em uma Vila tão quieta. Era um soco de ar gelado na mornura, com sua presença extravagante, seu comportamento livre, os palavrões em público, os casos amorosos escancarados, a solteirice. Mas principalmente o cabelo, como ousava aquela mulher se despir tanto?

Como pôde viver tão livre e feliz, sem um homem para chamar de seu, com aquela peruca tão branca e escassa, que não lhe deixava brincar de seduzir ou esconder parte de seus olhos esbugalhados, sua boca fina, sua testa alta?

Eu trocava de calçada quando a via, movida pelo pânico de que ela pudesse me ver, falar comigo, dar-se conta da minha existência.

Stela nunca saiu da Vila. Era funcionária pública, morava com a mãe beata e jamais buscou outro mundo.

Sumiu da minha memória até o dia em que decidi cortar o cabelo tão curto quanto o dela. Era o meu aniversário de 23 anos.

A memória de Stela voltou muitas vezes, enquanto eu vasculhava brechós e lojas de roupa barata em busca de peças que eu gostasse. Foram semanas, meses tentando entender se eu realmente queria usar preto ou estava tentando me esconder, se as calças justas eram para realçar a bunda torneada, única parte do meu corpo que os homens pareciam apreciar, se eu poderia usar saias curtas apesar da vergonha das pernas tão finas.

Livrei-me das calças que Pedro tanto admirava e comprei brilho, vestidos longos e curtos, muitos macacões. Comecei a adorar a brincadeira de ser andrógina, com esse cabelo curto que me permitia tantas coisas: um dia, era moleca, no outro, *pinup*. Comecei a gostar de me maquiar, mas de um jeito diferente, não para diminuir o tamanho dos olhos, aumentar a boca ou disfarçar o nariz, mas fazendo desenhos, brincando com cores. Pintando essa tela tão divertida que pode ser a cara da gente.

Me reconectei tanto com a memória de Stela, que sequer me conhecia, enquanto me via nela, descobrindo meu corpo, meu jeito de ser, o meu eu que só eu queria.

Tive pena e raiva da mãe e de tantas outras mulheres da Vila, obcecadas que eram em tentar se disfarçar para se parecer com uma Giulia qualquer, a referência perfeita de suas vidas. Chorei muitas vezes pensando nelas e em mim.

Mas era um choro de despedida também, um luto de mim mesma, da menina que se importava tanto com o que Pedro ia pensar, com a preferência de Eduardo por coxas grossas, com o olhar de Tico e tantos outros sobre mim.

O choque do aborto me afastou e me desconectou dessa menina, que de repente não cabia mais nesse corpo.

Os cabelos curtos e as roupas novas, aquela personalidade que eu estava escolhendo para mim mesma, eram a carapaça perfeita para a minha vida na metrópole. Excitada e ansiosa, eu aproveitava a resiliência da idade e saía quase toda noite, acompanhada ou só.

Flanava pelo centro velho, tão lindo e decadente, buscando baladas que começavam a estar na moda, em velhos edifícios industriais reformados, casas que até outro dia eram condenadas ou abandonadas. O centro se removia e se refazia, e não havia lugar onde eu me sentisse melhor.

Cada noite, ao me vestir, eu pensava na personagem do dia, e cuidava dos detalhes para que eu pudesse viver a história que eu tinha escolhido para mim.

Mila me acompanhava, às vezes, quando nos necessitávamos. Ela sempre soube ocupar o espaço justo que eu precisava, sem sobrar nem faltar demais.

Com Mila, eu aprendi sobre uma técnica que utilizava para atrair os homens: ela não tomava banho antes de sair. Professoral, ela explicava: são os feromônios. Quando a gente não toma banho, dá para sentir melhor. Ela dizia isso e ria.

Mas creio que era verdade. Minhas melhores noites eram aquelas em que, sem tempo, eu passava em casa e só trocava a roupa enquanto comia um pedaço de pão, ou até mesmo ia direto do trabalho para uma cerveja e depois, quem sabe, para a aventura que se apresentava.

Com cabelos e vestidos curtos e os feromônios ao meu lado, comecei a voar.

Comecei a perceber um tipo específico: rapazes tímidos, serenos e desinteressados pelo mundo que os rodeia. Nas festas, os ousados, barulhentos e populares me incomodavam. Mais ainda os que se atreviam a vir falar comigo, sinalizando que estavam interessados em algo mais. Não sei se por cansaço ou medo, todos se pareciam demais com Tico para que eu me aproximasse.

Foi evitando os "Ruis", como eu os apelidava ao perceber que eram ruidosos e ruins demais, que eu encontrei o meu nicho, meu ponto ideal, onde eu era ao mesmo tempo atraente e atraída.

O primeiro foi por acaso, em uma noite em que todos os meus amigos já tinham ido embora e eu, entediada, mas determinada a ficar até o final, percebi um rapaz sentado, atrás de uma mesa, vendendo CDs. Ele estava junto com a banda que estava tocando, que fazia um som que lembrava o funk americano, mas que era também brasileiríssimo. Tinha a pele morena, cabelos afro, olhos grandes e cansados. E não vendia nenhum CD.

Me sentei ao seu lado, pernas exaustas de tanto dançar.

— O que você está fazendo?, perguntei, sem pensar muito bem se era aquilo o que eu realmente queria saber.

— Vendendo os CDs da banda, mas parece que não está dando muito certo, sorriu, tímido.

— Sabia que você é o cara mais lindo daqui?, soltei, segura, como se fizesse aquilo todos os dias. Meu coração parou por um momento, quando me dei conta do que acabava de dizer.

— Sério?

— Seríssimo.

Ele sorriu de novo, tímido. Conversamos pelo resto da noite enquanto o show terminava e a banda recolhia suas coisas, entre elas os CDs. Depois, nos beijamos, ficamos e transamos.

Nunca soube o seu nome, nem nada mais dele. Mas aquele homem, naquela noite, mudou algo dentro de mim. Eu o vi. O escolhi, e fiquei com ele porque eu quis. Não me rendi a ser escolhida, ao seu olhar, respondendo a um chamado como fiz com Tico, com Eduardo, e talvez com todos os outros, ao corresponder a beijos e toques que nem sabia se queria, sem ter a chance de querer.

Eu queria muito esse desconhecido, e o tive. Não voltei a procurá-lo porque já tinha conquistado outra coisa muito maior. O meu olhar. A sensação de escolher, e então conquistar.

Naquela noite, e em tantas outras mais, eu voltei para casa, sozinha, sempre sozinha. Ao chegar, me olhava no espelho, invariavelmente com a maquiagem borrada, os cabelos desalinhados, os olhos sonolentos. O corpo cansado e livre. Procurei todas as noites, mas a menina da praia, magra e tímida, não estava lá. Ela havia crescido, sob o mesmo nome, mas já mulher. Seus olhos tão grandes já não eram mais reféns do outro, não mais buscavam a mirada aprovadora de um homem, de mais homens.

Tive a sorte de não ser bonita e de que meu corpo percorresse esse caminho para, enfim, chegar a mim mesma.

Prazer. Meu nome é Eva.

Epílogo

Sentada na areia, sozinha na praia, eu olho para o mar. Dia nublado, calor e mormaço, nada de sol. O céu cinza escurece a água, naturalmente tão azul, agora com um tom escuro. Chumbo, pesado.

Há pouca gente na praia, algumas famílias, idosos, adultos levando seus cachorros.

A preguiça me prende ao chão, apesar da sede. Levanto-me, lenta e pesada, para a primeira bebida do dia. Ainda é cedo, mas não há ninguém ao redor que possa me julgar. Mesmo que houvesse. Não importa.

Caminho até a barraca mais próxima, onde um jovem desatento lava copos enquanto escuta uma música bate-estaca, dessas que parecem ser o próximo hit do verão. Demora a perceber a minha presença.

— Oi! Tudo bem?, quero chamar sua atenção. *Menino bonito.*

— Olá, vai tomar o quê?, responde no automático, sem me olhar.

— O que você recomenda?, dou um sorrisinho safado, claramente flertando com ele.

— Cerveja? Caipirinha? Suco? Não sei o que você gosta. *Impaciente esse menino.*

— Pode ser uma cerveja mesmo. Obrigada.

Paguei e saí, enquanto o observava mirando uma bunda que passava bem ao meu lado.

Bebi um gole gelado, enquanto ria da minha fracassada ousadia. Continuei em pé, encostada no balcão, voltando a atenção ao cinza chumbo do mar, hipnótico.

Parei o olhar em uma menina sentada sozinha onde as ondas lambiam a praia, brincando de costas para o mar. Tinha o cabelo desalinhado, o corpo delgado coberto de areia, a pele já curtida de sol. Era linda. Enquadrei-a com os dedos, de longe, fazendo uma foto imaginária que queria guardar para mim.

Na hora do clique, nossos olhares se encontraram.

Este livro foi composto em Minion Pro
e impresso em papel pólen bold 90 g/m²,
em maio de 2025.

Impressão e Acabamento |Gráfica Viena
Todo papel desta obra possui certificação FSC® do fabricante.
Produzido conforme melhores práticas de gestão ambiental (ISO 14001)
www.graficaviena.com.br